小說藝術的哲學思考

小說之道

鄭錠堅 著

【自序】

尋找小說藝術的基本法

書名《小說之道》即清楚透露出這本書的核心議題。

這是一本關於小說的原理、哲思、精神、內涵、深層結構、內核世界的論著。

更簡單的說，這是一本小說哲學——小說藝術的哲學思考。

或者說，這是一本小說藝術的基本原理——探索在文字、情節等淺層結構之外，小說之所以成為小說，更基本、更內核、更深層的理由。

通過《小說之道》，筆者嘗試尋找小說藝術的靈魂。

或許說，嘗試為小說立法——尋找小說藝術的基本法或憲法。

當然，這樣的討論方向自然與筆者的學術背景有關。由於個人是學哲學，而非學文學出身的，後來在大學教授「現代小說」的課程。可以想見，一個文學老師教小說會把重點放在講授小說的寫作技巧、文學流派、結構分析、或作品在文學史上的現象與定位等等問題。相對的，一個哲學老師教小說則可能會偏重講授小說的隱喻、象徵、精神、主題、深層意義、內核結構、人物原型、與靈魂內涵等等向度。所以本書是談小說之「道」而非小說之「術」；著重的是小說藝術的「思想性」，而非「文學性」；也即是說，本書內容是強調小說之魂的「基本法」，而不是小說技巧的「行政法」。

尋覓小說之魂，嘗試為小說立法，重現在文字、故事背後的藝術基因編碼——正是本書的一貫命題。

但本書為小說立「基本法」的行動，是通過米蘭・昆德拉與他的評論著作《小說的藝術》來開端的。

昆德拉是罕見的從二十世紀跨越至二十一世紀的國際文壇大師，至今創作不輟，而且很難得的，昆德拉的小說創作與小說評論同時寫得十分出色，是一位兼具左手繆思稟賦與右手仲裁能力的全才作家。筆者讀他的《小說的藝術》，深受感動，雖然讀起來並不輕鬆，但這本評論著作深鑽到文字背後的內核世界，隱隱導引著筆者找到小說藝術的密碼與靈魂。於是讀畢全書，再結合個人的教學經驗與觀念思想，即整理、建構出「認識」、「存在」、「複雜」、「召喚」、「割裂」、「內在」、「孤獨」、「自我」等八個相關的「思考」、原理、基本法、或小說之魂。

當然，筆者一再強調《小說之道》不是昆德拉學或對昆德拉的研究，昆德拉與《小說的藝術》只是進行討論的一個重要開端及引導，由此引申、展開種種相關的知識及議題。所以，除了昆德拉的觀念，《小說之道》有先後引用老莊哲學、儒家哲學、《夏山學校》的教育理念、太極觀、蘇菲哲學、奧修觀念、混沌理論、複雜科學、蝴蝶效應理論、心理分析與種種相關的宗教、哲學、文學觀念……另外，為了達成理論與作品相互印證的效果，《小說之道》也引用了多種中外古今的小說作品來幫助討論的進行。譬如，我們先後分析過《紅樓夢》、《三國演義》、《水滸傳》、《人子》、金庸小說、古龍小說、黃易小說、《刀叢裡的詩》、《浩然劍》、卡夫卡小說、昆德拉的小說、《屈辱》、《異鄉人》、《圖案人》、艾希莫夫的「基地系列」、《死者代言人》、《明日滅亡》、《異鄉異客》、《一無所有》……等等作品的深層結構，這些作品的文類廣及古典、現代、武俠、科幻、文藝、言情、存在主義、社會批判等等不同的風格。所以《小說之道》的寫作，對筆者個人來說，也是一次閱讀歷史與思想觀念的沉澱與總理。

在正文，《小說之道》一再提到深刻與通俗、藝術與市場、小說與故事……之間的掙扎，是小說創作先天命定的議題，這是一場永恆的拔河角力。但本書不是創作，而是評論，而且討論小說的基本法，行文不免會碰觸到較深的內容，因此選擇寫作的筆觸，筆者就放縱一點，不參加拔河的遊戲，不顧及「通俗」的考量與行文方式了。

二〇〇九年的淺秋

目　次

【前言】

小說藝術是在通俗與深度之間的永恆掙扎

關於小說的深層思考

從小讀小說長大，記憶所及，最早最正式的閱讀史是在小學三年級開始讀古文版的《三國》、《水滸》等古典小說，以及相關的評論著作；接著在小六閱讀生平的第一本武俠小說《射鵰英雄傳》，跟著便開始慢慢拓寬閱讀的範圍：武俠、科幻、文藝、古典、現代、中國、西方、批判的、言情的、深刻的、通俗的、甚至近年連網路小說也照單全收。嘿！我閱讀小說的歷史接近四十個年頭了，算是一個老小說迷。後來為人父親，同樣在小女兒小三時，看到她還在閱讀什麼小紅帽、大野狼、會飛的雪人……等等，哦！才知道自己有點不一樣。

近幾年，從小說閱讀到在大學課堂的小說教授，更進一步有計畫的從通俗、消遣的閱讀跨足到小說藝術的深層思考。我常跟學生說：「讀『詩』是小眾閱讀罷，『散文』算是中眾，但讀『小說』卻必須是大眾閱讀的活動。」詩人寫詩，常常只讓他自己一個人懂；好的散文則常常集中在知識界流傳與賞玩；但小說作品卻必須同時照顧深度與通俗、藝術與市場的平衡問題。小說沒有深度，等於失去靈魂；但再深刻、藝術性再高的小說如果不能走向市場與人群，就彷彿少了血肉。這就是小說的宿命！尤其對小說創作者來說，小說藝術是在通俗與深度之間的永恆掙扎與懲罰。

如何在小說的天秤上恰到好處的平衡「深刻性」與「可讀性」的拉据？小說藝術的本質究竟是什麼？小說創作可能性的極限到底能走到哪裡？小說寫作究竟要遷就多少市場的需要？現代小說的發展是不是一種偏鋒的表現？……一連串的問題，是在小說的教授與創作之後，我經常思考的。後來，我遇到了米蘭．昆德拉的《小說的藝術》[1]，它帶給我非常具有衝擊力的理論革命及藝術視野。

昆德拉與《小說的藝術》

米蘭．昆德拉（Milan Kundera）是當代國際間知名的重量級小說家，1929年生於捷克的布爾諾，後來捷克改制成共產主義國家，而且成為蘇共的傀儡國，昆德拉本人的行動及創作自由也受到箝制。1975年，46歲的昆德拉終於離開被蘇俄控制的祖國，流亡移居法國，並從此再沒有踏足捷克的土地。定居法國的昆德拉開始自覺到歐洲公民甚至世界公民的意識，並且一一發表重要的小說創作及文學評論，至今創作不懈。代表作有《玩笑》、《笑忘書》、《可笑的愛》、《身分》、《生命中不能承受之輕》、《賦別曲》、《不朽》、《緩慢》，以及評論集《小說的藝術》及《被背叛的遺囑》等等。

在昆德拉的年輕時代，有一件事是頗富深義的。就是決定小說作為一生的志業，對昆德拉來說是人生方向的自覺勾選。他早年極富音樂才華（他的成名作像《玩笑》、《生命中不能承受之輕》，都充斥著對音樂的大量描寫，其中可見端倪）[2]，卻毅然放棄改讀哲學；初闖文壇以詩作成名，又在1958年斷然放棄，改向小說創作。從這裡隱約窺見，昆德拉離開了感性之土，不再回頭的走向小說的哲思。即像大陸學人李思屈說的：「告別感情，對一個藝術氣質的人來說，是一種更為深刻、也更為艱辛的精神流浪」。[3]

昆德拉自覺的走向一個饒富哲理的小說世界，但他走向一個怎麼樣的大環境與大空氣呢？學者吳曉東分析：

> 20世紀是一個不斷突破以往小說定義的時代，也就是一個需要不斷為小說重新下定義、重新為小說立法的時代。小說傳統定義不斷突破的結果，就是人們越來越不知道什麼叫小說了，從而也就為小說提供了空前的可能性。[4]

當然，小說定義的分崩離析，其中一個因素是受到電影藝術的挑戰及威脅；電影語言及影像的逼真、豐富、多元、震撼、及吸引力，都是小說所不能企及的，這迫使小說創作者不得不考慮：

> 一個藝術本體論方面的問題：到底哪些東西是獨屬於小說這一體式，是其他藝術形式所沒有的？
> 它的可能性限度是什麼？[5]

在這樣一種解離、沉思、重整的文壇氛圍下，很明顯的，昆德拉成了「小說的立法者」[6]「昆德拉已經建構了他的獨特的小說學」[7]，一一解答了什麼是小說的本體、什麼是小說所無法取代的藝術形式、以及小說的可能性的極限在哪裡……等等問題，而這些問題的答案大部分都放在《小說的藝術》這本藝術評論之中。

作為一個小說的立法者，昆德拉有一個著名的觀點：「文化已經鞠躬告退」。他把「暢銷」與「文化」做了嚴格的區分，而且斷言在我們這個時代真正藝術家的聲音「越來越難以聽到了」。[8]也許，在電影藝術嚴峻挑戰、資本主義橫掃全球、人性深度日漸淺化的整體氣氛下，昆德拉的藝術道路就像他本人所說的一樣：「在陌生的蒼穹之下跋涉。」[9]孤獨！但激起更多的思想火花及靈魂顫慄。

老實說，筆者個人不甚喜歡昆德拉炫學、縝密、艱澀的小說作品風格。（當然這是沒有問題的，文學藝術欣賞本來就是很主觀的事。）筆者真正喜歡的是昆德拉的小說觀念。昆德拉的小說評論主要發表在《小說的藝術》及《被背叛的遺囑》二書的內容之中，但這兩本小說藝術的專論也不怎麼好讀。一方面這兩本書的內容有很強烈的「歐洲小說傳統」的背景，東方人理解起來會比較費力；另方面昆德拉喜歡以華麗的文筆串連藝術觀念及作品評論，通過相當繁縟的文字風格來敘述，閱讀起來也同樣不輕鬆。但只要稍有耐心，掌握住文字背後的小說哲思，會發覺昆德拉的看法非常具有穿透力、放諸四海皆準、相當程度的震聾發聵，是一種超越歐洲傳統、超越個人觀感的關於小說藝術的深度思維。

啊！昆德拉，賦予了小說藝術一個深邃的靈魂。

本書的寫法

因此昆德拉的《小說的藝術》是本書要討論的主要素材，但要澄清的一點是：這本著作不是對昆德拉或《小說的藝術》的客觀研究；而是要借助《小說的藝術》作為一個開端或引子，重點是要整理、討論、思考一些筆者認為很珍貴的關於小說閱讀及創作的核心觀念。所以這是一本客觀研究中保持主觀關懷的論著，這也是筆者一貫喜歡的寫作方式。

更具體的說，本書提出八個關於小說的藝術性或哲理性的「思考」，每一個「思考」都是一個在《小說的藝術》一書裡所提出過的觀念；而每一個「思考」的討論都分成三個部分來進行：

一、原文的提出

二、哲理及解說

三、作品的印證

第一部分是昆德拉《小說的藝術》的原文。第二部分是提出相關的解釋、學說、觀念、看法與昆德拉的原文相互參證，但這些學說與觀念並不全是專門研究昆德拉的理論及說法，甚至不必然與小說或藝術的問題相關，這樣的做法，一方面反而可以拓寬更多元的對話空間與心靈視域，另方面也再一次證明本書的主題是小說核心觀念的思考，而不是昆德拉的客觀研究與分析；儘管筆者佩服昆德拉的洞見，但這本書的重點是小說的哲思，而不是要把它寫成昆德拉學。第三部分是提出具體作品加以印證，所選作品是契合筆者的閱讀經驗，而不是《小說的藝術》或《被背叛的遺囑》裡的討論範圍。

好了！我們開始討論一個一個「思考」，希望能對小說的閱讀者、思考者及創作者，都能夠提供思考上或創作上的激發與滿足。

註釋：

[1] 本書所引用米蘭・昆德拉（Milan Kundera）的《小說的藝術》，是根據皇冠文化，2004年3月初版的版本，下文同。

[2] 昆德拉自己也說：「在二十五歲之前，音樂對我的吸引力比文學大得多。」同註1，頁110。

[3] 見李思屈《昆德拉》頁15。（生智文化，2003年8月初版。）

[4] 見吳曉東《從卡夫卡到昆德拉》頁310。（北京三聯書店，2004年7月四版。）

[5] 同註4，頁311。

[6] 同註4，頁310。

[7] 同註4，頁312。

[8] 同註3，序頁Ⅷ。

[9] 見昆德拉《被背叛的遺囑》頁53。（皇冠文化，2004年11月初版。）

思考一：認識

從三部金庸小說《神鵰俠侶》、《連城訣》、《俠客行》談小說唯一的道德

> 發現那些唯有小說才能發現的事，這是小說唯一的存在理由。[1]

唯有小說才能發現的事，就關係到小說的本體論或核心觀念罷。第一個我們要討論的核心觀念或思考，就是：「認識」。

一、《小說的藝術》的原文

> 認識，是小說唯一的道德。[2]

二、哲理及解說

這句話，一語道破小說藝術最底層的靈魂密碼：認識，是小說的唯一道德。

這也是一句筆者讀完《小說的藝術》之後奉為圭臬的千鈞之言。

昆德拉在《被背叛的遺囑》一書裡也曾經說：「小說創作出一個想像的場域，在這其中，道德判斷暫時終止。」「暫停所有道德評斷。」「挑戰人類未理解就先仲裁的積習。」[3]人性有急欲聽到答案的傾向，人性也往往會出現未理解就判斷的成見；其實，這是一種迷信——不了解，就相信，即迷信。當然我們也會仰仗前輩的賢哲提供生命的解答，作為人生的參考及指引；但，小說不是宗教與哲學，小說家也不是宗教家或哲學家；宗教、哲學負責提供生命的答案，小說不必！小說不負責提供答案，小說只需要帶給閱讀者一個對人性或世界的認識、觀念、或視野，就夠了！小說只負責激起閱讀者的心靈或思考，小說家只負責丟出看法——認識，是小說的唯一道德！

人類文化中，需要一種只帶給人們「過程」、「旅途」或「認識」，而且不設限、不規定答案、也不需要把我們帶到目的地的心智活動，那就是小說創作罷。所以小說藝術又可以稱為「認識的藝術」或「過程的藝術」。

還有一個問題：昆德拉提出的這一條金科玉律，對小說創作來說，究竟是高標？還是低標呢？在《小說的藝術》裡，昆德拉進一步認為通過小說「對抗『存在的遺忘』；讓小說可以永恆觀照『生活世界』。」[4]進一步又說：「一部小說如果沒有發現一件至今不為人知的事物，是不道德的。」[5]哦！如果照昆德拉的話，假設一部小說寫得很好看，可讀性與娛樂性都很高，而且也不是完全的言之無物；只是它帶出的「認識」比較薄弱，或者它在文字背後的觀念都是在炒冷飯；那麼，我們是不是就可以斷言：這就是一部不好的、欠缺靈魂的、不道德的小說呢？看來，認識，對小說創作者來說，是一道不易跨越的門檻。

為小說立法，昆德拉為小說立的第一條法，不管是憲法？還是基本法？對小說藝術來說，都是一個相當嚴峻的設定。

三、作品的印證

在本節，我們通過一種很「中國」的作品形式來印證「認識」此一小說精神，就是：武俠小說。而武俠小說的名家，當然首推金庸先生。

武俠這種小說的形式結構不離情節變幻玄奇、故事離合悲歡、人物個性鮮明、情懷跌宕悲壯，而且充斥不可思議的武術境界及武打場面。因此可以說是一種最不寫實的中國獨有的傳奇故事。但，最不寫實就等於最不「真實」嗎？如果從昆德拉的脈絡思考，不寫實，並不妨礙小說作品的完整性。因為上文談到「認識，是小說的唯一道德」，下文也會談到小說只需要對「存在」負責，不必對「現實」負責。那麼，以金庸小說為例，金庸小說一樣不離武俠小說的「不現實性」，但金庸先生的作品有帶給讀者對人性或世界更深、更新的認識嗎？

是的！金庸先生憑著他對歷史、文化、時事、人性的獨到觀察與洞見，寫出來的每一部作品，幾乎都有著強烈深刻、清楚分明的討論主題。譬如：

書名	主題
神鵰俠侶	這是一部「情書」。講愛情的追尋與貞定、依賴與失落、背叛與扭曲、沉痛與昇華、犧牲與悲辛。
連城訣	講純樸心靈在險惡人間的遭遇。

天龍八部	這是一部「佛觀」小說。 講充滿執著的眾生逃不開因果網羅的播弄，也進一步肯定同體大悲的力量與情懷。
俠客行	講只有最純真的心靈才能學到最高深的生命知識，相反的，充滿知識、成見的頭腦會落入符號的陷阱。
笑傲江湖	講在險惡人世、權力鬥爭中的真性情與自由心靈的可能性。
鹿鼎記	對中國幾千年來權力遊戲的嬉笑怒罵，以及對英雄主義傳統的反諷。

那麼，接著，在上文所舉的六部作品中，我們挑選其三，藉以詳細討論金庸小說所展示的「認識」。

1、《神鵰俠侶》的認識：情為何物？

《神鵰俠侶》是「情書」——「愛情」的眾生相，是這一部作品帶給讀者最主要的「認識」。這部小說的人物往往燃燒同樣炙熱的生命，卻通過不同的行動去詮釋愛情，譬如：楊過用狂熱的生命力表現出對愛情的堅持，小龍女對愛情是一種純淨生命的貞定與投注，李莫愁希望佔有愛情而造成生命嚴重的失落與災難，武三通失愛後造成人格的扭曲，公孫止失愛後墮落成對肉慾的盲目追求，郭芙的失愛卻造成一個連自己都不知道的內心空虛與焦躁，程英與陸無雙卻因為失愛而甘於終身寂寞……也許書中引用元遺山〈雁邱詞〉的「主題詩」，最能代表這部小說的精神及氣氛罷：「問世間，情為何物，直教生死相許？」在筆者看過評論《神鵰俠侶》的文章中，寫得最深刻的是曾昭旭先生的〈金庸筆下的性情世界——論「神鵰俠侶」的人物型態〉一文。曾文說從《神鵰俠侶》裡「看到一個如此系統完整的性情世界」[6]，又說《射鵰英雄傳》與《神鵰俠侶》是「金庸作品中的雙璧，那麼『射鵰』是天上，『神鵰』是人間，合起來，天上人間，也足概括金庸筆下的性情世界了。」[7]正點出了「人間情愛」是《神鵰俠侶》這部小說的主題及精神。進一步，曾文將《神鵰俠侶》中的四位主角人物郭靖、黃蓉、楊過與小龍女分別解釋成「純樸的先天理性、清暢自然的生命、剛猛橫軼的生命、清虛寂靜的玄境」，並且將郭靖黃蓉的「愛情正格」未發展成更成熟的境界的原因，以及楊過小龍女的「愛情變格」的悲劇本質，做了一場精微的剖析[8]，充分闡微及印證了《神鵰俠侶》對人間種種愛情面相的深刻認識。除了愛情，對人間的其他感情，《神鵰俠侶》也有提出深邃的看法。再舉一例：危令敦先生〈楊過和他的問題〉一文即提出「父親的缺席才是故事的重點」，所以「楊過生命所缺，就是父親。」[9]但危文所說的「父親」，不只是指「實在的父親」或「生理的父親」，而更是指「意義的父親」，也就是說，人從父親那裡學到的是「文化的規範及社會的意義」，這是人作為一個群性及社會成員的生命根源。[10]怪不得！楊過自幼喪父，義父歐陽鋒又瘋瘋顛顛的不可靠，真正的代父郭靖也未湊更成熟的生命境界而不善教，正因為欠缺「父親認同」與「人子定位」的生命教育，所以楊過的背叛禮法（破壞社會規範）的行為原來是由於生命根源遭受扭曲變形的不得不啊！人子，缺少了父親的愛，便感到走進人群的困難。通過上文的論證，我們應該可以充分看到《神鵰俠侶》這一部「情書」對人間情愛所提出的深度「認識」罷。

2、《連城訣》的認識：瘋子世界

第二部討論的金庸小說《連城訣》，則擁有與《神鵰俠侶》完全不同的寫作角度。在金庸小說中，不管從文字氣氛、故事內容、甚至篇幅長度[11]來看，《連城訣》都是很特殊的一部作品，但也是較少被人注意的一部作品。其實《連城訣》的故事情節與藝術精神的完整度都是很高的。在《連城訣》裡，金庸先生最主要要提出的「認識」是：一個「人吃人」的世界，一個為了利益而人人都可能變成瘋子的惡濁世界。在這個世界裡，為了錢與寶藏，徒弟可以謀殺師父、師父可以陷害徒弟、同門可以互相殘害、父親可以活埋女兒、丈夫可以殺害妻子、大俠可以變成小人……真是一個猙獰陰森的人間修羅場！所以充斥《連城訣》中的小說人物，不是什麼仁人俠士，連好人也沒幾個，大部分都是野獸與瘋子。本來處理「人為財死」此一命題的小說多不勝數，但《連城訣》處理得特別淒厲，譬如，故事的最後描述主角狄雲的師父戚長發及武林群雄看到大寶藏時的醜態：

> 他高聲大叫，聲音中充滿了貪婪、氣惱、痛惜，那聲音不像是人聲，便如是一隻受了傷的野獸在曠野中嗥叫。[12]
>
> 不錯，他們個個都發了瘋，紅了眼亂打、亂咬、亂撕。狄雲見到鈴劍雙俠中的汪嘯風在其中，見到「落花流水」的花鐵幹也在其中，他們一般的都變成了野獸，在

> 亂咬、亂搶，將珠寶塞到嘴裡。[13]

另外，小說通過兩個「對比」，更凸顯出人吃人世界的荒謬與瘋狂。第一，金庸先生刻意為這樣一個瘋狂世界安排一位老實純樸的主角狄雲，狄雲是一個不識人間險惡的鄉下小伙子，小說通過狄雲如何被這個瘋狂世界欺騙、冤屈、戕害，到如何從其中成長、看透、蛻變，用「單純」對比「錯亂」，凸顯一場單純對抗錯亂的戰爭。在戰爭中，狄雲身受的遭遇是極其慘酷的——五指被斷、琵琶骨被鐵鍊所穿、武功全廢、打入死牢、身蒙不白之冤、心愛的師妹被騙下嫁大仇人、自己被中原群俠冤枉為小淫僧、大腿骨又被踩斷……最後金庸安排狄雲學會高深武功及得到美人垂青，算是小說家在這一場戰爭裡不放棄對美好人性的肯定罷。小說中將大俠之女水笙從誤會狄雲是血刀門的小淫僧，到漸漸了解其人格純厚而暗生情愫的少女心事，描寫得絲絲入扣，是一段非常動人的愛情描繪，也算是作者對命運坎坷的狄雲的一點補償罷。第二，金庸在這淒厲的瘋狂世界裏安排了一段淒美的愛情——丁典與凌霜華的苦戀。金庸先生本來就是寫情高手，但這段文字比之於金庸其他的愛情故事，也是不遑多讓的出色小品。丁典與凌霜華的愛戀本來是一個「人淡如菊，以花傳情」的溫馨故事，但這段愛戀籠罩在凌霜華父親凌退思覬覦丁典身懷寶藏圖譜的巨大陰影下，丁、凌二人經歷了花會初見、終夜相候、以花傳情、陷入熱戀、中毒下獄、身受劇刑、神功大成、毀容明志、不得相見、生死相隔等等的苦戀悲歡，最後凌霜華遭狠心的父親活埋，丁典抱棺痛哭，但凌退思在棺木上塗了「金波旬花」的劇毒，丁典也跟著中毒殉情。這一段愛情寫得悽涼，淒厲，但淒美，也許金庸要給出的「認識」是：愈是在淒厲錯亂的瘋子世界，愈可能激發出淒美純淨的動人愛情。

3、《俠客行》的認識：天真的心

《神鵰俠侶》談人間情愛，《連城訣》談世間險惡，《俠客行》則談真理與心靈的問題。

《俠客行》也是金庸小說中篇幅較短的一部作品，也許《俠客行》不像其他幾部長篇那麼有名及轟動，但卻是金庸小說中思想性很深的一部作品。在《俠客行》中，金庸通過主角人物「狗雜種」來象徵未經文明污染的純粹心靈，其實主角的名字已經是一組隱含相關意義的文字密碼。「狗雜種」一名象徵最卑賤的地位及身世，後來少年狗雜種改名為「石破天（驚）」，已經可以看出是作者刻意的文字安排，到了小說最後隱約透露出石破天的真名可能是「石中堅」，更是指出頑石中含藏著堅貞的璞玉的涵義—— 一連串的文字密碼，正是作者要表達「愈卑賤的生命愈可能隱藏了驚人的潛力及堅定的心靈」的生命奧義。這不正是很接近老子所形容「披褐懷玉」的理想人格的寫照嗎？[14]而且也很接近老子對「水」的譬喻——最卑下的最高貴，也最接近真理：「上善若水，水善利萬物而不爭，處眾人之所惡，故幾於道。」[15]

當然，小說最重要的主題是寫性格純樸、目不識丁的少年石破天最後卻學會最高深的武功。石破天代表的是全然未經文字、知識、思想、俗世所污染的渾樸心靈，而由這顆天真心靈所發出的力量，卻可以征服最高的真理（小說中所說的「俠客島石壁圖譜」）。這不是很像那位不識一字卻成為禪門一代大德的六祖惠能嗎？那這部小說作品到底要帶給讀者怎麼樣的深層「認識」呢？筆者以為可以從小說的最高潮看出端倪：當天真純樸的石破天與天下群雄共赴俠客島的臘八粥之宴，一同參修武學的最高奧秘「俠客行神功」，哪知許多武學修為卓絕的才智之士都無法參透深奧的神功註解，最後反而是目不識字的石破天學會了全套的神功；所以故事發展到這裡，其實作品的「認識」與主題已經呼之欲出了——對學習真理來說，文字、知識常常是一種戲論，限制靈性成長，讓人真我迷失，而因此離道（真理）日遠。（像小說中的龍島主、木島主及天下群雄因為沉迷註解而導致幾十年廢然無功。）所以學習者必須放下一切文字、知識的成見、執著，返回原始、樸素的天真心靈（石破天所代表），才能窺見最高的真理奧祕及生命本質（小說中用「俠客行神功」象徵）。

其實小說的開頭引用李白的詩作〈俠客行〉中的「白首太玄經」一句，已經透露出小說的主題了：對文字、知識、學問的沉迷，讓生命及心靈衰老、浪費、消耗啊！

談到這裡，讀者有沒有發現《俠客行》這一部作品的「認識」其實很「老莊」呢？且先看看下列幾則道家的經典文字，是否覺得跟上文所說的內容款曲暗通：

（1）道可道，非常道；名可名，非常名。《老子》1章

（能說得清楚的，就不是真理；真理不是語言、文

字所能傳達的。）

（2）多言數窮，不如守中。《老子》5章

（話多，會詞窮；文字泛濫，會走入生命的死胡同。不如忠於心靈的經驗——守中，才是正法。）

（3）吾生也有涯，而知也無涯，以有涯隨無涯，殆已；已而為知者，殆而已矣。《莊子．養生主》

（這一章〈莊子〉講盲目追逐知識的危險。）

（4）緣督以為經。《莊子．養生主》

（督是中脈，引申為「中」義。「緣督以為經」意即「順中以為常」，也是臣服、隨順內在心靈作為基本的生命態度的含義。）

（5）儵與忽謀報渾沌之德，曰：「人皆有七竅，以視聽食息，此獨無有，嘗試鑿之。」日鑿一竅，七日而渾沌死。《莊子．應帝王》

（「渾沌之死」的寓言是在講知識的管道一打開，渾沌天真的心靈即死亡。）

（6）蒼頡作書而天雨粟，鬼夜哭。《淮南子．精神篇》

（蒼頡發明文字，代表文明曙光乍現，卻攪出那麼大「條」的事情——天雨粟，鬼夜哭。所以這則寓言的深層意義是指：文字一出現，即是無數的劫難與災禍的開端。從這則寓言可以看出中國人很早就了解文字、知識的危險性，譬如共產主義及毀滅性武器的發明等等，不都是禍延無數生靈的知識災難？）

除了反面的討論文字、知識的災難，《俠客行》也有正面的提及天真心靈的力量。小說中許多的武林高手像謝煙客、貝海石、及張三李四等人，都曾經因為不同的理由或誤會計算過少年石破天，但小說中描寫種種的機心、計謀、城腑在質樸天真的石破天之前全不管用，所有的陰謀全然瓦解冰消。像謝煙客帶小石破天上摩天崖，沿路上不斷設法引小石破天上當，卻被小石破天的天真爛漫弄得啼笑皆非的一段描寫，是非常逗趣而深刻的。進一步，在小說的最後一回「我是誰？」裡，金庸先生討論到更深一層的「認識」：「我是誰？」所隱藏的深意是講天真心靈最後無法定位自我生命的真實身分啊！從小說的淺層結構來看，石破天的養母梅芳姑最後自殺，於是石破天無法確定自己到底是梅芳姑撿來的養子？還是石清閔柔的真正次子石中堅？其實從深層結構評論，小說真正要說的是：天真、完美的生命來到這個不天真、不完美的人間，是有功課要學習的，就是要學習這個不完美世間種種七情六慾的負面經驗，這正是形上心靈來到繁塵俗世的生命意義；天真者必需穿透種種波折、磨練，學好人間功課，才能找到真我，才能認清真實的自己，才能蛻變成更成熟的天真者啊！小說的最後結束於石破天的一片迷惘：

「我爹爹是誰？我媽媽是誰？我自己又是誰？」[16]

我是誰？誰是我？誰是真我？這個問題的答案是不可能由別人來告訴自己的，答案只能由自己去尋找及證成。

一部武俠小說的「認識」能夠討論到這種程度，可謂深刻了。最後，可以用一句話來總結《俠客行》這部作品正、反兩方面的認識——「真心見道與知識災難」。這個命題又可以分析成下列的幾點啟發：

（1）《俠客行》所提出的正面命題「真心見道」，是一個「生命現象」，也是一個「方法論」。

（2）反面來說，「知識學習」有時反會成為一種障礙及迷惑；「知識學習」走至極端會使真我迷失。

（3）結合來說，在修學真理的道路上，除了要懂得「知識學習」——認知的能力，還要學會「心靈學習」或「生命學習」——感知的能力。

好了！從上文三部作品的主題，是不是可以清楚看到：儘管金庸小說裡所描寫的武功是不可能的、人物是虛構的、情節是太離奇的、寫法是太浪漫主義及太象徵主義的；但金庸作品是不是為讀者帶來對人性、對世界足夠深刻的認識與視野呢？答案應該是肯定的。或許這就是金庸小說不同於一般武俠小說的真實原因罷。故事可以離奇，但認識必須深刻。看來，金庸小說是通過了昆德拉的考試了。

寫到這裡，筆者不禁想到當前網路小說的現象：許多網路作品寫得比傳統武俠更腥羶、更暴力、更煽情、更誇張，當然，這種種的寫法都是沒問題的，因為按照昆德拉的標準，小說創作無關乎道德的問題，小說的唯一道德只是「認識」。但，這些流行的作品有為讀者的心靈帶來怎麼樣的認識嗎？還是只是一批一批量產的娛樂品與消費品？如果是後者，輕薄的靈魂不見容於藝術創作的天地啊！這大概就是昆德拉所說的「生命中不能承受之輕」罷。

註釋：

[1] 見米蘭．昆德拉（Milan Kundera）《小說的藝術》頁11。（皇冠文化，2004年3月初版。）

[2] 同註1，頁12。

[3] 見昆德拉《被背叛的遺囑》頁12。（皇冠文化，2004年11月初版。）

[4] 同註1，頁11。

[5] 同註1，頁12。

[6] 見曾昭旭《性情與文化》頁90。（時報文化，民國70年10月三版。）

[7] 同註6，頁68。

[8] 同註6，頁66至90。

[9] 危令敦〈楊過和他的問題〉一文見《金庸小說國際學術研討會論文集》頁273。（遠流，1999年12月初版。）

[10] 同註9，頁274。

[11] 金庸小說一般都是以「四集」或「兩集」為正常規格，使用「一集」作為小說篇幅的，則只有《連城訣》一部作品。

[12] 見《金庸作品集》（遠流出版）中的《連城訣》頁413至414。

[13] 同註12，頁415至416。

[14] 「披褐懷玉」語見《老子》70章。意思指身穿樸素的粗布衣裳，卻內藏珍貴的心靈寶玉。

[15] 見《老子》8章。

[16] 見《金庸作品集》之《俠客行》最後的結局。（遠流。）

思考二：

存在

從布萊伯利科幻名著《圖案人》

討論『存在的詩意沉思』

第二個要討論的「思考」是「存在」的問題。

一、《小說的藝術》的原文

> 小說不是要檢視現實，而是要檢視存在。[1]

> 忠於歷史現實跟小說的價值比起來是次要的事。小說家不是歷史學者，也不是先知；小說家是存在的探索者。[2]

> 小說的想法可以定義成一種關於存在的詩意沉思。[3]

二、哲理及解說

也許，存在或生命問題的思考，是小說能帶給人們所有的認識裡一個最重要的認識罷。

「『存在之思』是昆德拉小說學的根基。」[4]昆德拉自己也說，小說是要幫助人們發現「存在的地圖」。[5]又說：「把一部小說建立在恆常不斷的沉思之上，此舉在二十世紀違背了時代精神，這個時代一點也不喜歡思考。」[6]儘管知道這是一個不喜歡思考的時代，昆德拉還是堅持把小說藝術視為一個思考存在的工具。吳曉東曾說昆德拉自己「直接宣稱自己有一個雄心，就是要把小說與哲學結合起來。當然這種結合不是以哲學家的方式來從事哲學研究，而是以小說家的方式來進行哲學家的思考。」[7]是的！小說就是一種關於存在的詩意沉思。

當然，對昆德拉來說，檢視、思考、接近「存在」，才是小說藝術的核心課題。前文提過：小說不是宗教與哲學，小說家也不是宗教家與哲學家；宗教、哲學負責提供答案，小說只負責提供認識。進一步，昆德拉主張小說家也不是歷史學家，歷史負責「真實」，小說只負責「存在」；或者說歷史負責「外在的真實」，小說則負責「內在的真實」；小說要處理的是「生命事實」，而非「人生事實」。所以一部小說的情節盡可以虛構，但它的靈魂、內容、精神必須契近「存在」或「生命」的問題。舉古典名著《三國演義》為例，作者羅貫中在這部古典長篇小說裡使用了「七分真實、三分虛構」的寫法——大部分的小說故事都符合了真實歷史的發展，卻在關鍵的人物及情節加進了作者個人的杜撰。譬如，小說主角曹操、劉備、諸葛亮的性格，都與真實歷史人物不同，如果從歷史的角度，未免會有混淆真實歷史的批評。但《三國演義》不是《三國志》，《三國演義》是小說，不是歷史，小說只負責「內在的真實」；從小說藝術的角度來看，歷史的改寫一點都不妨礙《三國演義》藝術的完整性，及對深層人性的探討。同樣的，許多武俠小說往往都會套用歷史情節作為小說背景，我們只須要問這部作品的藝術性有多高，處理「存在」的問題處理得有多深刻，至於故事內容真實與否，就不是一部小說作品應該讓人詬病的地方了。

因為，歷史負責「真實」，小說只負責「存在」。

三、作品的印證

上一個思考我們通過「武俠小說」來印證，在這一個思考，我們使用「科幻小說」來說明。下文將借助科幻名家雷．布萊伯利（Ray Bradbury）的名著《圖案人》[8]中的幾個短篇，來印證小說家如何通過詩意的筆觸來思考存在。

不同於同時代其他幾位科幻大家的寫作風格：艾西莫夫的作品以波瀾壯闊、巧思睿智見稱[9]；克拉克的小說以文筆充滿詩意為其特色[10]；海萊因的作品則以故事緊湊曲折、情節通俗活潑為文壇稱道[11]。布萊伯利的作品毋寧是通過故事情節來經營詩意，再從一種詩的氣氛慢慢靠近、沉思種種生命的問題，也就是說，布萊伯利的作品風格是更細緻、更文學性的。布萊伯利最有名的代表作是《華氏451》，但《華氏451》是一部諷刺性深刻尖銳的小說，反不如《圖案人》更接近昆德拉所說的「詩意沉思」的標準。

1、〈荒原〉探討人類過度依賴機械文明的存在課題

《圖案人》是布萊伯利甚具代表性的短篇小說集，其中第一篇〈荒原〉，是通過一個未來時空中的家庭悲劇，來思考「人類如果過度依賴機械文明會帶來不可挽救的災難」此一命題。故事中的「全智慧型機械房子」當然是虛構的，但小說所探討的主題不正是當代人類文明最真實的隱憂嗎？試舉一例：現代人是不是過度依賴使用電腦，反而妨礙了人跟人之間

真誠而冒險的照面與溝通呢？小說的情節可以虛構，但內容必須涉及存在的真實。在〈荒原〉中的父母禁止兩個孩子彼得及溫蒂再使用「全智慧型機械房子」，因為觀察孩子過度依賴「全智慧型機械房子」反而讓孩子倆沒去參與大自然及真實的人生。問題是彼得及溫蒂已經對「房子」投入了全部的生活內容及愛，父母等於變成了毀了他們的「家」的兇手，而開始對父母產生扭曲的怨恨。故事最後彼得及溫蒂設計將父母反鎖在「房子」中的自動化模擬遊戲間，遊戲間已經設定成非洲大草原獅群獵食的場境，飢餓的獅群帶著低吼、狩獵的眼神與身姿、以及尖銳的牙齒，慢慢逼近尖叫中的父母親……

2、〈決戰時刻〉探討孩子內心的恨的存在課題

〈荒原〉的內容已經觸及「孩子內在的負面情緒」此一命題，進一步〈決戰時刻〉對這個問題有更精細、更科幻、及更驚悚的處理。

嚴格來說，〈決戰時刻〉是一篇用科幻包裝的驚悚小說，小說中用了很精細的文字技巧來呈現嚴肅及驚悚的主題。故事講一個七歲大的小女孩敏可，跟同一代的小孩都迷上一個名叫「入侵遊戲」的流行遊戲，這個遊戲幾乎在全球的大城市中同時流行，而且奇怪的是只有十歲以下的小孩會玩，十歲以上的孩子就會覺得這個遊戲很幼稚。在遊戲中，有一個名叫「德利兒」的模擬角色，德利兒是一個有著不快樂過去的外星人，牠教導地球小孩利用簡單的裝置拼湊出穿越時空的工具來入侵地球，同樣奇怪的是在全球各地都會有德利兒這樣一個

角色！原來事情的真相是：整個遊戲都是玩真的！德利兒等外星人利用十歲以下孩子的天真及內心潛藏著對大人的恨來發動侵略地球的偷襲戰爭，而且設定在「決戰時刻」穿越四度空間來到地球，全球同步的展開攻擊行動。故事最後是一直內心狐疑的媽媽終於知道真相，但下午五點的「決戰時刻」已到，到處發生穿透異度空間的爆破聲，只差沒被嚇破膽的媽媽帶著爸爸躲在閣樓，希望能逃過大難，但敏可還是帶著幢幢的高大藍影，熔化掉閣樓的門鎖，探頭進來，走向發抖的父母。

這篇小說有點扯，又有點嚇人！孩子真的那麼恨父母嗎？即像前文所說的，〈決戰時刻〉是一篇用驚悚的科幻外衣來包裝嚴肅主題的作品。其實小說的字裡行間已經隱隱透露駭人的心理描寫，譬如媽媽曾經有這樣的內心獨白：

> 孩子啊孩子。小孩，愛和恨似乎是不可分的。孩子們有時愛妳，有時討厭妳，一轉眼就變了。小孩子真怪，他們會不會遺忘或者原諒大人的鞭打和責罰呢？她想。一個人如何能夠遺忘或原諒那些創痛，和那些高壯又愚蠢的暴君？[12]

這，不是很清楚嗎？布萊伯利要在這篇小說裡討論小孩子內心深處的神祕角落，是不是隱藏著巨大的痛苦與恨意？下面節錄的一段文字，是敏可和媽媽的一段對話，讀起來更是讓人毛骨聳然：

『……他們兩個長大了，總是嘲笑我們。他們比父母更壞，他們根本不相信有德利兒這個人，他們自大得要命，因為他們長大了，以為自己什麼都懂。幾年前他們還不是小不點。我最討厭他們了，我們一定要最先殺死他們。』

『妳父親跟我最後殺？』

『德利兒說你們是危險人物……』

『媽媽？』

『什麼事？』

『什麼是羅奇？』

『邏輯嗎？這個嘛，邏輯就是分辨什麼是正確，什麼是不正確。』

『他也提到這個，』敏可說，『還有，什麼是可——塑性——強？』她結巴地說。

『這個嘛，它的意思是說，』她母親望著地板，輕笑著說，『意思是說——像小孩子，親愛的。』

『謝謝妳替我準備午餐，』敏可說著跑出去，突然又伸頭進來。『媽媽，我不會讓妳受苦的，真的！』

『謝了。』媽媽說。

門砰地關上。[13]

是的！小孩子內心深處都有著一個神祕角落，外星人德利兒就是利用了這個神祕角落裡壓抑著的巨大能量。當然，小說家不會在它的作品裡明說這些道理，他只是通過作品去檢視存在，但作為一個評論者，筆者想借用一些相關的理論來印證這個神祕角落存在的可能性——教育家尼爾在其名著《夏山學校》[14]中提出了這樣的說法：

> 殘忍永遠被合理化。打在兒身，痛在娘心，很少有虐待狂的人會誠實的說：「我打人家是因為我打的時候痛快。」雖然這是事實。他們常借道德來解釋他們的虐待狂：「我不希望我的孩子懦弱。我希望他們能在這個會給他們打擊的社會上站得住腳。我打孩子是因為小時候被打過，那對我很有好處。」[15]
>
> 打孩子的父母永遠有這樣現成的答案，我還沒有遇過一個誠實的父母說：「我打我的孩子，因為我恨他，實際上，我恨生命，我打兒子是因為他小而不能回打。我打他是因為我怕上司。當上司跟我過不去的時候，我就回家把氣出在孩子身上。」[16]

尼爾認為，要清除孩子內心的恨，首先要清除「壓抑」：

> 壓抑使人反抗，反抗就是報復，報復就要引起犯罪。要消滅犯罪，我們必需消滅引起孩子報復心理的壓抑，更重要的，我們一定要對孩子表現愛與尊敬。[17]

進一步，尼爾指出了孩子內心的恨的真實性：

> 很少家長了解處罰會使孩子對他們的愛變成恨，小孩內在的恨很難被發現。母親發現在一頓打之後小孩很順從，是因為他的恨馬上被壓抑的關係。但是被壓抑的感情是不會消滅的，他們只是在睡眠狀態。
>
> 馬格斯有一本小書叫做「少年人的道德」。我常常讀裡面的詩給孩子聽，有一首是這樣的：
>
> 湯姆放火燒房子。
> 媽媽給火燒死了。
> 爸爸給磚砸死了。
> 湯姆，笑得快死了。[18]

可怕罷？所以，尼爾作出結論：

> 當恨和恐懼已消除時，孩子便是善良的。[19]

當然，如何消除的方法，就請讀者自行參閱《夏山學校》關於實踐「自由兒童」的觀念了。本節只是雙管齊下，同時通過小說藝術與教育理論去探討一個存在陰暗面的問題。

3、〈萬花筒〉及〈最後一夜〉探討面對死亡的存在課題

另一篇〈萬花筒〉則探討另一個存在的課題。故事透過一個太空船爆炸事件，幾名倖存下來的船員身不由己的在太空中飄流，還剩下很短的生存時間的特異場境來思考「面對死亡前生命的可能性」的問題。故事中的主角賀利斯是其中一名飄流

的太空人，他的一手一腳被太空船的碎片及隕石削斷，而且整個人也被地球的引力吸引下墜，會在兩天之內燃燒成一顆一瞬即逝的流星。小說中賀利斯身處如此死前「慘境」，經歷了特殊心境的轉折，而故事中的行文是非常動人的：

> 生命消逝的時候，就像螢幕上的影片啪地一閃，變成一片亮白，所有偏見、激情瞬間被濃縮、照亮；你甚至還來不及大叫，「我也曾有過快樂的一天，悲傷的一天；我也曾見過某張邪惡的臉孔，善良的臉孔。」影片已燒成了灰燼，螢幕也歸於黑暗。[20]
>
> 賀利斯感覺他的心再度怦動起來……最初的震驚已經消失，隨之而來的憤怒、恐懼和孤獨感也已經過去。此時，他感覺自己好比清晨剛洗完冷水浴，準備享用早餐和美好一天的男人。[21]

通過如此詩化的文字氣氛，表達珍愛當下生命的深刻感受，不正是「存在的詩意沉思」嗎？

如果說〈萬花筒〉談的是個人生命的消逝，那麼〈最後一夜〉討論的則是集體死亡的問題。而集體死亡最大的規模與尺度就是「世界末日」。〈最後一夜〉正是一篇沉思世界末日這個存在課題的作品。

世界末日是一種無視時空隔斷的震驚，直接撼動每一個人的心坎，因為我們真實知道地球上的生靈會在一息間毫無預警的集體死亡、毀種滅族，是隨時可能發生在真實世界的事。但

〈最後一夜〉卻透過一種很特殊的筆觸及氣氛緩緩接近這種巨大的震驚。〈最後一夜〉是一篇篇幅很短的作品，整篇小說大約只有三千字，算是一個極短篇。故事從一個丈夫問妻子的一個問題開始：『如果今晚是地球的最後一個晚上，妳會做什麼？』[22]接著丈夫告訴妻子他和他的朋友最近都分毫不差的做了「同樣的夢」，夢的內容是：今晚的某個時間地球會毀滅，隨著時區的轉移，一整晚地球的其他地方都會陸續發生，全部過程是二十四小時。而且末日的發生是自然的終結，並不是由於核戰或生物戰等人為因素。沒想到丈夫剛講完，妻子也「印證」她和她的朋友也做了「同樣的夢」，更特殊的是大家都在談論，卻沒有人驚恐，而且報上也沒有報導，因為『所有人都知道了，根本沒必要報導。』[23]丈夫與妻子也不驚慌，並沒有發生人們本來以為會有滿街尖叫狂跑的情形。跟著小說在一種異常「寧靜」的氣氛下進行，夫妻倆很冷靜的跟往常一樣的交談、洗碗（比平常更整齊的疊好）、送女兒上床、親吻道晚安、看報紙、聽音樂、談天，然後一起坐在火爐旁看木炭餘燼悶燒、聽時鐘慢慢敲響、靜靜想著地球上其他人今晚的度過方式，最後彼此擁吻、熄燈上床、甚至跳起來去關水龍頭，夫妻倆都覺得很好笑，跟著互道晚安，小說就這樣結束了。

如果在真實的人生裡遇到世界末日的前夕，人類內心真的可以如此「寧靜」嗎？也許真實的情形會更為複雜罷。但，同樣的，這篇小說要表達的不是「真實」，而是思考「存在」。小說裡有一句話是很有深意的：『真正發生大事的時候你不會尖叫的。』[24]也許布萊伯利在〈最後一夜〉裡要討論的，是面對世界末日時，存在另一種更深層的可能。

筆者覺得，這篇小說很短、很特殊，文字氣氛很安靜，但在安靜之中有著一種很細很細、很深很深的感動。〈最後一夜〉的文字技巧是很高的，頗表現出一種「在平常中見精采」的寫作功力。彷彿在靜靜看著一道涓涓細流，會發現其中有著一種無法說得清楚的深邃之美。

4、〈火箭人〉探討真情的存在課題

〈萬花筒〉及〈最後一夜〉沉思「死亡」的可能，〈火箭人〉及〈無日無夜〉則探討「生命」的真義。

接著要討論的〈火箭人〉，是筆者在《圖案人》中很喜歡的一篇。〈火箭人〉的故事結構很簡單，講未來時空中一個旅行於群星之間的火箭人的感情，如何在對家庭的愛與選擇生命冒險之間兩難、掙扎、徬徨的故事。情節很簡單，也沒有刻意、用力的激情描寫；但一路讀來，卻發現布萊伯利筆鋒深邃細膩，感情委婉真摯——這是一個關於愛的故事，一個關於哀傷的故事，一個關於思念的故事。似乎在文字的底層流動著一股詩的暗流，通貫全篇，一口氣看完，彷彿在品讀一首沉吟低迴、充滿憂傷的愛的歌詩。故事的最後，火箭人在最後一趟的航行中，太空船不幸誤入太陽的引力圈，被吸進太陽；留在地球上的妻子及兒子從此在很長的一段時間以夜為日，不願去看頭頂上那巨大的燃燒墳場，即使偶而會在白天出門散步，也總是選在看不見太陽的下雨天。

5、〈無日無夜〉探討「什麼是真實」的存在課題

〈火箭人〉描寫「真情」的掙扎，〈無日無夜〉則沉思「真實」的意義。

〈無日無夜〉是一篇野心很大的小說，因為小說所要探討的問題：什麼是真實？是一個耗盡千古以來多少偉大心靈無數心力，卻依然找不到完整答案的終極問題。真實，是什麼？是亙古不變的永恆意義？是一瞬之間的具體存在？是眼見為憑的「唯物觀」？還是萬法為識的「唯心論」？是著重邏輯因果的「理性主義」？或是強調主客、心物、人我整合不分的「整體性哲學」？[25]諸家所見，難有定論啊！那小說家對這樣的一個「大哉問」又用怎麼樣的手法及論證去處理呢？

其實篇名〈無日無夜〉已經透露出一點作者的玄機：無日無夜，沒有白天，沒有晚上，意思就是沒有時間，時間不是真實的？那什麼是真實呢？「生命」嗎？「生命」又是指什麼意思呢？「時間」和「生命」的差別又在哪裡？

關於這個問題，修行大師奧修倒是有很犀利的洞見。奧修認為「過去、未來」是屬於時間性的，只有「當下」或「現在」是屬於生命、存在、與真實的。言下之意，奧修認為時間並不真實，時間只是一個客觀計量的工具與假象，「真實」只存在於當下的生命。奧修說：

> 時間被認為是由三個時態所組成的——過去、現在、和未來——這是錯誤的，時間只是由過去和未來所組成。

> 生命才是由現在所組成的。
> 所以對那些想要生活的人而言，除了生活在當下這個片刻之外，沒有其他方法。
> 只有「現在」是存在性的。
> 過去只不過是記憶的收集，而未來只不過是你的想像、你的夢。
> 真實的存在是此時此地。[26]

進一步，奧修所說的「真實」是一個永恆的變動，當下真實的生命永遠是變動不居的。他說：

> 生命是如此的一個流動，沒有一樣東西可以保持不變，每一樣東西都在移動。赫拉克賴脫曾經說過，你無法踏進同一條河流兩次——你怎麼能夠計畫？等你踏進第二次，就已經有很多水流過去了，它已經不再是同樣的河流了。[27]

嘿！「你無法踏進同一條河流兩次」，說的真好！「真實」不會重複，正因為真實不會重複，這就是真實之所以為真實的理由。是的！每一個生命只能擁有當下，當下是唯一的真實；但人卻拼命的累積，拼命的去累積過去與未來的種種假象、幻像，拼命的往過去與未來的夾縫中擠。其實，人從來不曾擁有過去與未來，對活生生的人來說，過去與未來是不存在的，過去與未來只是假象。所以，只有「活在當下」是生命的本質、是正確的生存態度、是唯一真實的生命狀態、也是唯一一種正確、真實的活著的方式。

好了，還是回歸小說的討論罷，我們看看〈無日無夜〉如何處理「真實」與「當下」的問題。

〈無日無夜〉主要是講一個酷愛太空旅行的旅人希區寇克如何在太空船中進行心靈獨白及沉思的故事。在別人的眼中，希區寇克是一個由於過長時間處於幽閉空間而造成的典型神經病患。但希區寇克真的是瘋子嗎？至少從表面看來，希區寇克是一個幾乎拒絕相信所有事情的人，他拒絕相信看不見、聽不到、或觸摸不到的事物：

> 『……「我在哪裡？我在哪裡？」答案是：「哪裡都不是！」然後我又說：「我到過哪些地方？地球嗎？地球在哪裡？」我自問自答，「我出生的地方。」我說。可是那根本不算什麼，不值得一提。我沒辦法相信我看不見、聽不到或觸摸不到的事物。我看不見地球，我怎麼相信它存在？拒絕相信，這樣想比較安全。』[28]

那麼，希區寇克是唯物主義者嗎？不知道。希區寇克甚至拒絕相信「回憶」：

> 『……難道你要我走在回憶上，回憶這東西，就像我父親說的，就像豪豬一樣，會刺痛人的。誰在乎啊！還是離它遠一點好。它會讓你不快樂……』[29]

『我沒有童年，過去的我早就死了……你這輩子已經死了幾千次，累積了太多屍體，每次死法都不一樣，表情也愈來愈醜陋……』[30]

『我沒辦法跟那個年輕的希區寇克當面握手言歡，不是嗎？你能替我找找他嗎？他已經死了……』[31]

希區寇克是存在主義者嗎？也不知道。但至少希區寇克是相信「當下」的，而且相信得興高彩烈：

『只有此時此刻，在我面前的時候，你才算活著……』[32]

『……我在波士頓的時候，紐約就不存在。我在紐約的時候，波士頓就不存在。當我哪天看不到某個人的時候，他就等於死了。當他從街頭走了過來，老天，他又復活了，我幾乎要跳起舞來，因為我太高興見到他了……』[33]

但希區寇克又好像不只相信「當下」「看」得到的，他不是一個一般的存在主義者或物質主義者，他相信「精神證據」：

『……那才是我要的，精神證據。我要的不是實體證據，必須跑出去拿來的那種證據……我討厭實體的東西，因為它們隨時都可能被留在別的地方，讓人沒辦法相信它們。』[34]

這真的是一個心中充滿矛盾的瘋子嗎？因為希區寇克相信精神證據，但他又不相信人類通過精神活動留下的著作或作品，他認為寫好的作品跟當下的那個人是沒有任何關聯的：

> 『……我明白了，就算我在寫作上獲得成功，對我也將永遠不具任何意義，因為我無法認同那個名字就是我。一切都只是一場空，所以我就停筆了。在那之後，我也無法確定放在我書桌上的那些小說是我寫的，儘管我還記得打出了那些稿子。反正，總是有個證據的斷層在哪兒，存在於已經做過和正在做兩者之間的斷層。做過的事已經死了，不能當作證據，因為那已經不是行動了。只有行動才能算數……』[35]

昆德拉曾經在他的小說《笑忘書》中說：「最後每個人會將每件事都徹底遺忘。」[36]就像希區寇克不相信所有的「回憶」及「過去」一樣，這就是存在的真相嗎？生命其中的一個本質就是：人生所有的事情最終都會雲散煙消！或者像回教蘇菲宗對人間的一切發出千鈞之言：「這，也將過去」。[37]是的！人間的一切成敗、榮辱、是非、苦樂、得失、浮沉、進退、利害，最後都終將過去或被遺忘啊！又像前文所說的：「你無法踏進同一條河流兩次」。因為人間沒有任何事情能夠留得住，所以你每一次的踏進河流，每一次的「下水」，都會是全新的經驗。意思就是說，生命只有不斷失落、不斷遺忘、不斷發現「斷層」，才能不斷擁抱真實。那希區寇克最後擁抱真實了嗎？他最後的下場如何？

故事的最後，希區寇克偷了一套太空裝，打開太空船的氣密艙門，獨自一個人溜進了太空，直到飛離了太空船百萬里，才從頭盔的無線電傳回來一些自言自語：

> 『……不需要太空船了，從來就沒有過。沒有人了，整個宇宙沒有半個人，從來就沒有過。沒有花草，沒有星球……什麼都沒有。只有太空，只有空間，只有斷層……』[38]

太空船裡的夥伴望著玻璃艙門外那片遙遠、冰冷的星空，心裡想像著身處於巨大虛空裡的希區寇克，在一趟無止盡的旅程中永恆的漂移、漂移、漂移……

那，希區寇克找到了嗎？他找到生命的答案了嗎？不知道。「真實」的答案究竟是什麼？是「活在當下」的生命哲學？還是否定一切的「虛無主義」？也不知道。我們還是回歸小說藝術的基本法：小說不負責提供答案，「認識」是小說的唯一道德。什麼是真實？也許最有血肉的答案，就在每一個小說讀者根據自己不同的生命經驗所提出的詮釋及思考罷。讀完〈無日無夜〉，筆者有一個很強烈的感受，這一篇小說簡直就是昆德拉的「小說藝術觀」的最好代言。不是嗎？〈無日無夜〉用了很優美的文筆及故事去討論一個很深的存在課題及哲學思考，這不正是一篇『關於存在的詩意沉思』的最佳作品的印證嗎？

《圖案人》的書名，本身就是一個文學密碼。意思指人生一個一個的故事都是從自我出發的（小說的處理是一幅一幅的圖案全都魔法一般的紋刻在圖案人身上，而每一幅圖案都發展成一個故事），而種種生命的悲劇也是由隱藏的自我造成的（小說的處理是圖案人背心的最後一幅看不到的圖案，往往會發展成一個關於自己的悲劇故事）。從書名的文字密碼來看，布萊伯利的這本短篇小說集是很有哲學上的野心的。

上文討論的幾個短篇，是筆者認為布萊伯利在《圖案人》這個結集裡，處理存在的種種面相處理得最有深度而且恰到好處的——一一討論過文明災難、負面情緒、親子問題、死亡意義、世界末日、情感悲劇、及生命意義等等的存在課題。當然，在《圖案人》裡，也不是每一篇作品都處理得同樣「成功」。《圖案人》有幾篇小說的「寓意」不免談論得太過明顯——像〈風水輪流轉〉談美國黑白種族的宿怨，及〈水泥攪拌機〉談資本主義文明的污染人性，都諷刺得太過露骨；也有幾篇小說的內容顯得有點「無厘頭」——譬如〈苦雨〉談金星上的雨災及〈放逐〉談火星上的魔法戰爭，也都有點結構上的薄弱或突兀的問題。但整體來說，《圖案人》還是一本很深邃的文學作品，布萊伯利也確實是一位縱控自如的文字魔法師，他的這本短篇小說結集印證了一點：科幻小說的情節當然是虛構的，但充滿人文關懷的作品，討論、思考、貼近的仍然是「內在真實」的問題、生命的問題與存在的問題。

註釋：

[1] 見米蘭・昆德拉（Milan Kundera）《小說的藝術》頁56。（皇冠文化，2004年3月初版。）

[2] 同註1，頁58。

[3] 同註1，頁47。

[4] 見吳曉東《從卡夫卡到昆德拉》頁333。（北京三聯書店，2004年7月四版。）

[5] 同註1，頁57。

[6] 同註1，頁166。

[7] 同註4，頁319。

[8] 本節所引用的雷・布萊伯利（Ray Bradbury）的名著《圖案人》的幾個短篇是皇冠文化的版本，2006年12月初版。

[9] 科幻名家艾西莫夫的代表作品有《基地》系列、《機器人》系列等小說。

[10] 科幻名家克拉克的代表作品有《童年末日》、《太空漫遊》系列等小說。

[11] 科幻名家海萊因的代表作品有《星船傘兵》、《夏之門》、《銀河系公民》、《嚴厲的月亮》、《雙星》等小說。

[12] 同註8，頁307。

[13] 同註8，頁303至304。

[14] 尼爾校長創辦的「夏山學校」可能是全世界第一所的森林小學。他的著作《夏山學校》是一本討論「自由兒童」觀念的夏山故事。見遠流的版本，1991年3月初版27刷。下文同。

[15] 同註14，頁188。

[16] 同註14，頁188至189。

[17] 同註14，頁192。

[18] 同註14，頁210至211。

[19] 同註14，頁190。

[20] 同註8，頁57。

[21] 同註8，頁62。

[22] 同註8，頁152。

[23] 同註8，頁154。

[24] 同註8，頁155。

[25] 中國哲學的「太極」、「天人合德」及印度哲學的「梵我合一」等觀念，都是所謂「整體性哲學」的表現。

[26] 見奧修《智慧金塊》頁60。（奧修出版社，1992年3月初版。）

[27] 見奧修《生命的遊戲》頁292。（奧修出版社，2002年9月初版。）

[28] 同註8，頁181。

[29] 同註8，頁182。

[30] 同註8，頁184。

[31] 同註8，頁185。

[32] 同註8，頁187。

[33] 同註8，頁181。

[34] 同註8，頁188。

[35] 同註8，頁189。

[36] 見米蘭·昆德拉（Milan Kundera）《笑忘書》頁13。（皇冠文化，2006年9月初版9刷。）

[37] 這句銘文見蘇菲宗的語錄《蘇菲之路》頁13至14。（聯經，民國76年4月初版2刷。）

[38] 同註8，頁194。

思考三：

複雜

從昆德拉短篇小說集《可笑的愛》
談不確定的智慧

第三個要討論的「思考」是「複雜」，這是昆德拉主張的另外一個很基本的小說概念。

一、《小說的藝術》的原文

> 小說的精神是複雜的精神。
>
> 每一部小說都對讀者說：「事情比你想像的複雜。」[1]

二、哲理及解說

昆德拉認為「複雜」是「小說的永恆真理，但是在簡單快速回應的喧嘩之中，這樣的真理越來越少人聽見了。」[2]關於「複雜」的藝術主張，許多評論家都知道這是昆德拉的重要看法：

> 他認為小說的功能是讓人發現『事物的模糊性』。他甚至極端化地稱『小說應該毀掉確切性』。[3]
>
> 所謂複雜性，就是昆德拉所說的『不確定的智慧』。昆德拉認為，世界並不是像人們想像的那樣是一個確定的、善惡分明的世界，而是一個多重模糊的世界。……昆德拉說，像塞萬提斯那樣，把世界如其所示地看成一個『多重模糊的』、『矛盾百出的各種真理的混合體』，『把某種不確定的智慧作為唯一的確定性』，這

是需要很大的勇氣的。[4]

『小說家的才智在於確定性的缺乏，他們縈繞於腦際的念頭，就是把一切肯定變換成疑問。小說家應該描繪世界的本來面目，即謎和悖論。』[5]

『小說不喜歡太肯定的態度。』……『完全被大眾媒介精神抹黑的世界，唉，也是答案的世界，而不是疑問的世界，在這樣的世界裡，小說，塞萬提斯的遺產，很可能會不再有它的位置。』[6]

昆德拉曾在接受採訪時指出，現代社會中的人們都喜歡作出判決……甚至在真正了解某人之前便已斷定一個人是好是壞，在聽完意見之前便已成了黨羽或敵對份子；『這種熱衷於作出道德判決而懶於弄清真相和理解他人的傾向，不幸正是人的天性，是人的災禍』；在昆德拉心目中，小說正是抗衡這一傾向的有效力量，小說是『一門力求發現和把握事物的模棱兩可性及世界的模棱兩可性的藝術』。[7]

這種「不確定的智慧」，也許就是小說藝術不同於電影藝術的關鍵罷；即所謂「獨屬於小說這一體式，是其他藝術形式所沒有的」小說靈魂。試想一部出色的電影作品，它要敘述的故事可以非常簡單，甚至可以沒有故事，它的出色可以是通過震撼性的畫面、強烈的聲光效果、嫻熟的拍攝手法、種種特殊鏡頭的運用技術……等等的電影語言來表現。這些都是小說藝術所沒有的元素。那小說藝術的優勢在哪裡呢？當然就是

「複雜性」。我們想想看，一部成熟的電影作品總不能處理太多的人物內心獨白罷？一部時間長度約兩個小時的電影也不可能承載太多複雜的人物關係罷？當然也不可能容許太多故事情節的曲折變化，以免讓觀眾無法在有限的「閱讀時間」裡消化了解。更、更不可能在表現作品主題之外同時展開許多細部的不確定的存在思考！而這一切都是小說藝術最擅長、也經常處理的素材。或許可以直接稱小說藝術為「複雜的藝術」——不確定、模糊性、拒絕答案、模棱兩可性、複雜，就是小說藝術最犀利的武器。也許，小說更接近真實的人生。人生難免複雜，生命總是多樣；小說藝術踮起細緻的腳步，悄悄靠近最血肉豐盈的人間靈魂。所以「每一部小說都對讀者說：事情比你想像的複雜。」

昆德拉認為簡單的答案無法涵蓋人類心靈的豐富與複雜，這樣的生命主張，與新一代科學思潮「混沌學」的原理與精神，也是款曲暗通的。

混沌學是上一個世紀六十年代的新興科學觀點，對此一新科學觀的擁護者來說：「二十世紀的科學中傳世之作只有三件：相對論、量子力學與混沌理論。」[8]混沌理論是一種比起前代科學觀更具有「東方傾向與視野」的新興科學思潮，它主要的研究向度是要尋找各個領域裡「不規則的共相」[9]以及「一種缺乏週期性的秩序」[10]。如果用一句最簡單的話來解釋混沌學，就是混沌學基本上認為宇宙及生命的本質是：複雜、混亂、無序、無法精準預測及計算，還有：亂七八糟。是的！混沌學的精義就是「亂七八糟」！[11]

所謂「不規則的共相」及「缺乏週期性的秩序」，又稱為「紊流」——混亂、不規則的流動。「紊流」現象不勝枚舉，譬如無序的大氣、騷動的海洋、野生動物數目的突兀增減、腦部的非線性運動、閃電路徑、血管微觀的糾結交錯、裊繞上升的煙束突然爆裂成狂亂的渦流、水龍頭從穩定的滴流無法解釋的變成凌亂系統、市場價格的不穩定突變……等等，都是大自然及人類世界種種光怪陸離的紊流現象——不連續、無規則、無法預測、深藏在混沌系統裡的科學謎題。[12]

再詳論兩個紊流的例子。第一個是人類大腦的非線性現象。諾貝爾化學獎得主普里戈金曾經強調人類大腦是不規律的紊流系統：

> ……「眾所周知的，心臟大致上必須是規律的，否則你早就一命嗚呼了。但是，如果不是你有癲癇發作，則大腦必須在大體上是不規律的。這顯示了不規律性及混沌導致衍生出複雜系統，這並不是混亂；相反地，我要說混沌是製造出生命甚至智慧的泉源。大腦被挑選出來，成為如此地不穩定，縱使最少的效應都可能導致秩序的形成。」換句話說，大腦是個在一顆非線性星球上經非線性演化的非線性產物。……累積了足夠的實驗證據顯示，大腦是一種非線性反饋的裝置……[13]

所以由大腦衍生出來的「創造力」現象，恐怕也是非線性的紊流系統。那麼，第二個例子我們便談談人類創造行為裡的紊流罷。

另一位著名的混沌學家龐加萊對非線性混沌在心智創造過程中的運作，提出了犀利的洞察，他說：

> 非線性的原理是否可以應用於人類的創造力，也就是我們完成一件藝術品或是做出一項科學發現的能力呢？[14]

他認為在創造行為的紊流現象中，會出現一種稱為「微異」的混沌因子，其實，所謂微異，是一種對紊流現象極度敏感的心智狀態，龐加萊說：

> ……一位有創造力的人和他人不同的主要特徵，即是對某些感覺、感情和思維的微異的一種極度敏感性。……找不到什麼字眼將之分門別類的微妙感覺。在一項微異出現時，創造者會發生一種可稱為「急性非線性反應」（acute nonlinear reaction）的過程。……微異充滿了一種「失落訊息」的感受。[15]

「微異」又稱為創造力的「胚芽」（germ），胚芽只會落入心智的紊流之中：

> 當一粒包含了微異的胚芽落到對其敏感的心靈大地上時，原創者心中發生的是一種胡思亂想、不確定感和整體性的非平衡流動，它讓這些素材——不管它是科學數

> 據、一片風景、一面帆布或是小說中的一組人物——將微小的細節放大，分叉到新的參考平面上……[16]
>
> 在體驗到微異的存在時，我們便進入了秩序和混沌間的邊界地帶，在微異中存有我們對經驗的整體性和不可分割性的感受。[17]

也就是說，根據上文的討論，我們得知：不管是大腦結構、智慧現象、心智運作、乃至創造行為，通通都是紊流——不規則、非線性的混沌系統。混沌，是智慧的母土及泉源。

其實關於對紊流及混沌的理解，還可以從兩句科學界的「名言」一窺端倪。第一句是科學界耳熟能詳的愛恩斯坦的名言：「上帝不玩骰子。」這一句話代表了前一個世代的科學觀：愛恩斯坦認為宇宙的運作是被背後的上帝黑手或神聖計畫所推動，也就是說宇宙的本質不是隨機的遊戲（骰子），相反的，宇宙或大自然是一個有序、可計算、可預測的穩定系統。但混沌學家不這麼看。盛傳量子理論大師海森堡臨終前宣稱，他將要去問上帝兩個問題：相對論是什麼？紊流是什麼？但海森堡最後說：「照我猜想，祂很可能對第一個問題有些解答。」於是留下了海森堡的臨終名言：「紊流難於相對論。」紊流到底是什麼？它是一團混亂，包含各種尺度的系統，大渦流中藏著小渦流，不穩定，又容易耗散（消耗能量），幾乎是莫名其妙的從平穩跳至混亂，哪怕你刻意保護一個穩定的流動系統，不受任何外界因素影響，但最後仍然會眼睜睜看著這流體鬧哄哄的全面潰散！[18]所以第二句海森堡的名言代表了新世代的混沌科學觀：宇宙的本質原來真的是隨機的！（開玩笑的說：上帝可能不只玩骰子，祂還會打麻將哩！）宇宙或大自然是一個無序、無法計算、不可預測的紊亂系統。

從紊流，到混沌，到複雜，相同的訊息在不同的領域一再出現：

> 人們開始明白哲學是混亂的，語言是混亂的，化學動力學是混亂的，物理是混亂的，最後經濟當然也是混亂的。這種混亂不是因為顯微鏡片上的塵埃而起，而是深藏於系統本身之中，它難以捉摸，不受單純邏輯的限制。……結果就產生了複雜科學的革命。[19]

而且，這種複雜科學的訊息是很「東方傾向」的：

> 對東方哲學而言，一點也不新鮮，東方哲學從來都把世界看成複雜的系統。但是，無論在科學或更廣義的文化層面，這種世界觀對西方人愈來愈重要。……開始了解複雜系統，也就是開始了解我們的世界是一個恆常變動、相互關聯、非線性的萬花筒。[20]

如果從更深的層次思考，混沌理論的精神其實隱含了「整體」、「太極」或「萬物一體」的哲學觀念。正是因為承認、接受、尊重「整體」，才凸顯出整體世界中萬物並存的多元、複雜、及混沌。前文提到的混沌學家普里戈金在其名著《混沌中的秩序》說：

> 在當代西方文明中得到最高發展的技巧之一就是拆零，即把問題分解成盡可能小的一些部份……時常忘記把這些細部重新裝到一起。[21]

普里戈金認為混沌理論就是要「『把細部重新裝到一起』的一個十分驚人的嘗試。……使得那些看上去沒有關係的甚至矛盾的哲學概念彼此關聯起來。」[22]接著普里戈金進一步具體的說，把「看上去沒有關係的甚至矛盾的哲學概念彼此關聯起來」的工作包括：把生物學和物理學重新裝到一起、把必然性（Necessity）和偶然性（Chance）重新裝到一起、把自然科學和人文科學重新裝到一起、把硬科學和較軟的生命科學重新裝到一起、把學術理論和社會過程重新裝到一起、以及把西方傳統（帶著它對實驗和定量表述的強調）和中國傳統（帶著它那自發的、自組織的世界觀）重新裝到一起。[23]

總結的說，普里戈金把混沌學定位為「一個根本性的轉變」，把人類對生命及對宇宙的看法「轉向多樣性（Mutiple）、暫時性（Temporal）和複雜性（Complex）。」他認為混沌學幫助「我們認識到我們是生活在一個多元論的世界之中。」[24]混沌學告訴我們：世界是整體的，局部不能單獨存在；由於整體，所以世界呈現出多元、複雜、混沌的面相。「自然用一千個聲音講話，而我們僅是剛開始去聽。」[25]而且每個文化、每個生命都可能只聽得懂其中幾個句子。

從小說觀點到科學視野，我們發現「昆德拉學」與「混沌學」的共通性。好了，回到《小說的藝術》，書裡包含的七篇文章，是在一九七九至一九八五年間寫成的，昆德拉認為「小說的精神是複雜的精神」這樣的觀念，是否有受到混沌理論的影響呢？我們不得而知。但可以確定的是，通過上文的討論，我們可以清楚看到昆德拉的藝術觀點和混沌理論的科學思潮，雖然通過不同文化途徑，卻共同擁抱「複雜」的本質與靈魂。

三、作品的印證

關於「複雜」精神的小說作品，在本節，我們選用昆德拉本人的短篇小說集。

《可笑的愛》[26]是昆德拉最有名的短篇作品，其中的〈搭便車遊戲〉、〈代表永恆慾望的金蘋果〉及〈艾德華和上帝〉三篇，最能夠含蓄而準確的表現出複雜的人生情境及不確定的智慧。

1、〈搭便車遊戲〉的複雜藝術

〈搭便車遊戲〉是講一雙旅行途中的男女朋友玩一個「角色扮演」遊戲的故事。故事中的女孩趁著汽車加油時刻意下車，再回來時便扮演一個「搭便車蕩女」，她的男朋友則配合演出一個「登徒子司機」。女孩上車後發現「登徒子司機」馬上對她搭訕、挑逗，這時候「搭便車蕩女」立即轉換回女朋友的視角而心生醋意：「原來他那麼會跟女孩子搭訕，他以前到底有過多少女人？」男孩也馬上感應到女朋友的心情變化，並且因為遭到拒絕而心生怒意，同時他也開始懷疑這個認識很久的溫婉女孩的真正自我，到底是不是一個潛伏性的蕩婦？於是不自覺的從「登徒子司機」轉換成一個「粗暴司機」的新腳色。兩人便在種種忌妒、憤怒、怨懟、慾念、懷疑、興奮、自憐、刺激、憎恨的微妙情緒變化中，進行著一個不斷轉換腳色的「遊戲」。最後兩個遊戲者到了一間不在計畫之中的旅館渡夜，「粗暴司機」在狂暴的興奮中佔有了「搭便車蕩女」（其實「蕩女」一直哀求要回到女朋友的自我中），做完愛後，男孩不想看到女孩的臉，他知道遊戲結束了，但他一點都不想回到原來的關係中，他害怕再回去，女孩一邊啜泣喊著男孩的名字，一邊說：「我是我，我是我……」

昆德拉通過這篇小說到底要表達什麼樣的「認識」呢？苦悶的靈魂追求感官的刺激所引發不可知的風險？還是，掙脫自我的牢籠後會走上一條自由卻冒險的生命道路？在小說中，昆德拉沒有清楚的說明，反而使用了許多曖昧的文字描寫，譬如：

> 『遊戲的存有』侵吞了『真實的存有』。年輕人遠離了他自己，同時也遠離了那條嚴酷無情的道路，到目前為止這還是他第一次岔開路走出去。[27]

上一段文字講男孩離開了「自我」後的內心感受，那女孩呢？

> 她本來是那種常常會為下一分鐘的事情而不知所措的人，這時候突然都放鬆下來……不受過去生命經驗的規限，沒有過去，沒有未來，也沒有必定得要怎樣的承諾；這是一個極度自由的生命。[28]

男孩女孩同樣都因為「遊戲」而感到生命深層的改變：

> 因為這是一個遊戲，所以靈魂一點也不害怕，不會起而反抗，甚至還像吸毒一樣沉迷在遊戲中。[29]

但生命可以是一個遊戲嗎？遊戲究竟是輕率？還是自由？在遊戲中，男孩看到他的女朋友蛻變成一個非常複雜、不確定的形象：

> 他女朋友能夠含納『一切』，她的靈魂非常的不定形，忠實和不忠實同時並存，叛逆和純真彼此相伴，風騷和羞赧一起共在……[30]

讀完這一篇小說，筆者的第一個感受是：真正厲害的作品，就是不管從正方或反方評論，都可以說出一番大道理來。〈搭便車遊戲〉到底是要「批判不負責任的逃避自我」？還是要「探討跨越自我後的冒險與自由」？昆德拉沒有明確的表態，只留給讀者更大的感受與思考空間，也許這就是不確定、模糊的智慧的藝術威力罷。

2、〈代表永恆慾望的金蘋果〉的複雜藝術

另一篇同樣將複雜藝術精神表現得淋漓盡致的〈代表永恆慾望的金蘋果〉，故事則在講一對拼命追女人的朋友——故事中的「我」及「搭訕之神」馬丁。馬丁有一種能跟任何女孩講話、搭訕的能力，問題是馬丁已婚，有一個美麗的妻子，馬丁也非常愛她的妻子，但仍然不能停止的追女人。某日，馬丁在咖啡館搭上一個從B鎮來的年輕漂亮護士，約好星期六下午去找她，而且請她找一位同樣年輕漂亮的同事，四人一道去約會。好不容易熬到了星期六，朋友倆借了一部拉風的車子，飛奔B鎮。在途中由於天氣太熱，兩人在湖裡游泳，卻碰到一位身材曼妙的年輕女孩，馬丁立即動作敏捷的打聽好女孩的名字及地址，作為下一波追求的對象，之後，便若無其事的繼續旅程。到了約會地點，年輕護士紅著臉從醫院出來說，由於加班關係要到晚上七點才能出去玩，但已經約好了另一位護士，並為了晚上的約會跟朋友借了一幢湖邊小屋。二人很高興的離開，但這時馬丁卻對「我」說要在九點趕回家陪妻子喬琪，「我」非常愕然！問題是馬丁態度堅持，只好無奈答應。二人無聊的閒晃到B鎮一家飲料店，馬丁又看上一個新目標——穿著絨布長褲的漂亮女孩。馬丁央女孩帶二人去游泳，女孩答應了回家拿泳衣，約好一個小時後在店裡碰頭，二人高興的看著

女孩款款擺動著臀部的背影遠去，興高采烈的流浪到附近公園，又異常驚艷的遇到一個穿著白色洋裝、清純溫柔的神祕女孩。二人假裝是電影導演與攝影師，一搭一唱的請女孩帶他們去鎮內的一所古堡查勘，獵取鏡頭。女孩年紀很小，很真誠的答應二人回家放下東西，便馬上回公園帶二人前去。哪知女孩走後，兩人等了十分鐘、十五分鐘、時間一分一分的過去，女孩一直沒有出現。兩人情緒低落的回到飲料店找絨布長褲女孩，卻因為過了約定時間，絨布長褲女孩也走了！朋友倆心裡湧起一種被陌生城市驅逐的沮喪感，這時「我」忽然想到這一年以來，除了許多次鎖定目標，搭訕了許多次以外，馬丁什麼也沒有完成過；「我」望向馬丁，發現馬丁眼睛一樣閃爍著貪得無饜的微光，彷彿眼中飄蕩著一面「對女人永恆的追求」的旌旗。到了晚上七點，兩人只好回到醫院等護士的約會。但等了十分鐘，醫院大門沒有出現任何人，馬丁發起脾氣，說再給她們五分鐘的時間。又過了五分鐘，終於看到兩個刻意打扮、非常耀眼的女孩從大門走出來，朝著馬丁與「我」的車子走過去，但「我」假裝沒看到，對馬丁說：「已經超過十五分鐘了，我們走罷。」一腳踩上油門，離開B鎮。回家路上，馬丁又一副若無其事的樣子，開始熱烈的討論著追求下一個女人的計畫。

這是一個怎麼樣的故事？一個無聊的「追女二人組」的神經病故事？或者是一個討論人性之中盲目追求慾望的故事？還是一個關於不需要任何目的的生命遊戲的故事？不知道。但從文字的筆鋒之間，感覺到小說家在這一篇作品裡，並不是一味的貶抑與諷刺的，譬如：

> 他會把每一次的艷遇轉變成一場遊戲，『甚至自己一點也沒察覺』；他還是照樣把他炙熱的靈魂整個投入其中。[31]
>
> 他那一面『對女人永恆的追求』的旗幟——我們仍然聽得到這面旗幟在我們頭頂上翕翕然而動的聲響……[32]

這不是有一點殉道者燃燒生命、以身殉道的神聖味兒嗎？小說中有一個「生命的詭論」的「鎖鑰」，或許可以解釋更多深藏的藝術密碼，就是小說中提到「猶大背叛耶穌，正是因為他太『相信』耶穌」[33]，這是什麼意思？絕對「相信」，所以背叛。因為猶大相信他的背叛不會傷害耶穌，他用他的背叛迫使耶穌在猶太人面前行使神蹟、甚至從十字架上跳下來。照此推論，最後放棄結果，是因為結果不重要，過程才是唯一需要在意的。把這個生命的詭論放回小說的篇名〈代表永恆慾望的金蘋果〉，是不是意味著對「追求慾望」這一件事來說，慾望的滿足不是重點，「追求慾望」本身才是永恆的、尊榮的主題與價值。即像「金蘋果」，不是用來吃的、不是用來滿足口腹之慾，而是一個精神象徵、心靈冠冕；祂是用來膜拜、追尋的。又像「完美」，完美的意義不在完美本身，而在學習、尋找完美的過程。為了要證明A，首先要背叛A；為了要謳歌慾望，首先要離開慾望。

這篇小說的內涵真的有那麼深遠嗎？還是只是昆德拉在寫他的共產祖國（捷克）裡兩個苦悶靈魂的故事？這篇小說是一個「深論」？還是一個「反諷」？這是一篇「哲學小說」？還是一個「諷刺作品」？不知道。昆德拉沒有說，他只丟出問題，沒有提供答案，他用他的作品來印證他「複雜」的藝術主張。

3、〈艾德華和上帝〉的複雜藝術

最後一篇要討論的〈艾德華和上帝〉，是一篇文字很戲謔、故事很特別的作品。在這篇小說裡，昆德拉充分展現出通過遊戲筆墨、潑辣文風來討論嚴肅、複雜的生命主題的大師風格。

故事講一個鄉下的年輕人艾德華到一個小城裡應徵當老師，而女校長是一個當年政治迫害過艾德華哥哥的老女人，但女校長對年輕人有特別的好感，就准許了艾德華的聘用。艾德華由於剛到小城寂寞的關係，便開始認真的追求漂亮女孩愛莉絲，問題是愛莉絲是虔誠的基督徒，不容許艾德華有絲毫越軌的行動，讓艾德華苦惱不已；於是艾德華心生一計，假裝自己也是虔誠的基督徒，一心一意相信上帝的存在，整天陪著愛莉絲上教堂、唱聖歌、討論神學，企圖製造出一匹上帝的木馬，讓自己藏身在木馬的肚子裡，偷偷溜進年輕女孩內心的堅城。但艾德華經常上教堂的行為被女校長知道，篤信共產制度及唯物主義的女校長集合了幾個地方幹部開始批判艾德華「中世紀迷信」的思想毒素，艾德華迫於無奈只好接受女校長等人的思想改造。但身處兩面壓力窘況的艾德華很快發現：兩方的思想、信念都不是那麼單純的。原來愛莉絲的家族曾經遭受共產黨的迫害，所以愛莉絲的信仰上帝等於為她的對抗共產主義戰爭找到偉大的精神戰力，上帝原來是愛莉絲的排長！至於女校長等人則非常高興找到艾德華這個「對象」，原來這些忠誠的共產主義信徒贏了整場戰爭——解放了捷克，沒了敵人，就像野獸找不到獵物，陷入了精神上的空虛，好不容易找到艾德華這個改造的對象，便磨拳擦掌的要在他身上重現共產主義的優越與光輝。艾德華知道真相之後便開始跟雙方玩「上帝的遊戲」：一方面他更努力的研究神學，並表現得比愛莉絲更虔誠，好在理論與行動兩方面攻破愛莉絲的心防，證明愛莉絲的拒絕性愛並不是出自上帝的旨意；另方面艾德華故意在女校長面前表現出在感情上信仰上帝，但在理性上依賴共產主義的內心矛盾與痛苦，好搏取女校長的同情，而且知道了女校長對他的慾望之後，便勾引女校長上床，在性愛上擊敗了女校長的「上帝」（共產主義），藉此掙脫了思想改造的困境；同時，愛莉絲也聽到了艾德華抗拒共產主義迫害的「英雄事蹟」而自願向他獻身，艾德華終於得嘗所願。但左右逢源，同時得到愛莉絲與女校長的艾德華卻遭受哥哥指責他的欺騙行為，艾德華傷心的回答說：

『……請你想想這個問題：「為什麼」要說實話？是什麼強迫我們這麼做？為什麼必須把誠實看作是一種美德？假如你遇到一個瘋子，他說自己是魚，我們每一個

> 人也都是魚。你會和他爭論嗎？你會在他面前脫掉衣服，好讓他看看你沒有魚鱗嗎？……要是你對他說實話，把你對他真正的想法告訴他，這意思就是說，你同意和一個瘋子進行嚴肅的對話，你同意你自己也是個瘋子。我們所處的世界正是這個樣子。……嚴肅的看待一件根本不嚴肅的事，意味著自己也要喪失自己的嚴肅。我啊，我為了不要嚴肅看待瘋子，不要自己也變成瘋子，就「必須」說謊。』[34]

為了不讓自己變成瘋子，所以只好說謊！天啊！這是什麼邏輯？誰又是真正的瘋子？我們所處的真的是一個瘋子世界？筆者認為這一段深有寓意的話，正揭開了書名《可笑的愛》的文學密碼——人世間許許多多所謂的偉大愛情（包括對上帝的愛），剖析到最後，其實不都是一些可笑的瘋子行徑嗎？那麼，照著上文的邏輯，如果真有上帝的存在，祂面對我們這樣一個瘋子世界，又怎麼會真的對我們說實話呢？上帝的「教義」一定全部都是謊言，祂一定會對我們說謊，目的是為了哄騙我們這一整個星球的瘋子！否則，如果上帝不說謊，那上帝自己也一定是一個瘋子啊！最嚴肅的，最瘋狂；最偉大的，最荒謬；最高存在的真理，卻是最深邃的宗教謊言。這一篇作品，到底是要表達一個背反的深刻哲理？還是要諷刺一個錯亂的荒唐世間？

回到故事的情節，得到愛莉絲之後的艾德華卻並不感到快樂，他讓自己陷入另一個錯亂的漩渦之中。在火車上，艾德華看著愛莉絲的美態，突然感到「這些都是沒有意義的象徵」，「和愛莉絲一起經歷的香艷情愛其實根本算不了什麼，不過是巧合和錯誤造成的，不具任何意義，不具任何嚴肅性」，艾德華覺得他和愛莉絲的關係「是沒有擔保的銀行支票，是紙做的秤陀，他無法賦予它什麼意義，就像上帝無法賦予裸體女校長的禱告有什麼意義一樣」，艾德華突然領悟他和這個小城的所有人都是一些「可以互換的個體」，都是陰影，更糟糕的，是他發覺連他自己也「只是這些陰影似的人中間的一個陰影」。[35]沮喪之極的艾德華無法忍受一具沒有任何意義的肉體，他感到一股莫名的怒氣，於是說了一堆「上帝會懲罰我們」之類的話來搪塞愛莉絲，最後丟下一句「再見」，便拋棄了流淚傷心的女孩離去。

之後艾德華定期每週與女校長幽會，直到學校的事情完全解決。從此他勾引各式各樣的女人愈來愈成功，這也使他愈來愈珍惜一個人獨處的時光，有時候也會一個人到教堂轉轉。但艾德華始終無法真正相信上帝，卻也無法真正捨棄上帝，他變成一個不能嚴肅看待任何事的人，他覺得自己的人生很可悲！有時候日午將盡，艾德華坐在空無一人的教堂的木頭椅子上，想到上帝不存在，心裡就覺得難過，在如此悲傷的一刻，他突然看到上帝那張真實而有生命的臉從內心深處浮現出來，艾德華不自覺露出快樂的微笑……

很明顯的，這篇小說一直圍繞著「上帝」這個主題來展開故事和討論。所謂「上帝」，可以理解成人類所要追尋的真理、信念、或信仰的世界。那麼，上帝真的存在嗎？上帝會不會只是人類夢想的產物？或者上帝是人間各種複雜的組織所要利用的工具？（即像小說中兩造都利用「上帝」作為支援或鬥爭的工具。）又或許上帝只是人類理性中的一個哲學概念而已？那麼，上帝就真的不存在嗎？但我們無法證明上帝的存在，是不是因為上帝的存在超越了人類的理性之上？會不會只有在放下一切的心防與執著之後，人才真能窺見上帝的容顏？小說中的艾德華最後是不是真的看到了上帝呢？不知道。也許上帝就像老子所說的：「道可道，非常道。」最高的真理本來就不是言語與理性所能說明及理清的。這篇小說只是通過一個看似荒謬的故事，來呈現真理世界的深刻性。

還有一點特別的，是〈艾德華和上帝〉這篇作品呈現出一個雙重的複雜性。第一層複雜是上帝是否存在這個問題本身已經是深邃難明；第二層複雜是人間世不同的個人或團體由於不同的利害關係而採取對上帝不同的態度，又增加了問題的曖昧。在小說裡，昆德拉同時表現出兩種複雜性——形而上的複雜與形而下的複雜，更進一步通過遊戲的筆墨將兩者交織成一個耐人尋味的藝術主題。

在《可笑的愛》這本短篇小說集裡，雖然昆德拉常會提起他的祖國捷克被共產主義入侵的歷史背景，但他的作品卻能夠超越「傷痕文學」或「批判文學」的套路，而讓作品昇華到更高層次的哲理討論，碰觸到生命本質的問題。筆者個人認為《可笑的愛》中的七篇小說，以〈搭便車遊戲〉、〈代表永恆慾望的金蘋果〉及〈艾德華和上帝〉三篇最能將複雜藝術及不確定智慧的火候運用得恰到好處，而在其他的作品裡，不免會流露出較多的作者看法與答案傾向。

也許罷，試想我們每一個人複雜、豐富、混亂、多樣的一生，哪可能真的有答案了！至少不可能有簡單、唯一、具體的答案。從更深層的人生意義思考，複雜的人性問題無法簡單的回答，生命不需要簡化的答案，小說也一樣。

是的！小說就是一種拒絕答案的藝術，它嘗試還原一個具有複雜、矛盾、多元的可能性的真實人生。

註釋：

[1] 見米蘭・昆德拉（Milan Kundera）《小說的藝術》頁27。（皇冠文化，2004年3月初版。）

[2] 同註1，頁27。

[3] 見吳曉東《從卡夫卡到昆德拉》頁324。（北京三聯書店，2004年7月四版。）

[4] 見李思屆《昆德拉》，頁126至127。（生智文化，2003年8月初版。）

[5] 同註4，頁143至144。

[6] 同註4，頁168。

[7] 見李鳳亮《詩・思・史：衝突與融合——米蘭・昆德拉小說詩學引論》頁183。（北京商務印書館，2006年5月初版。）

[8] 見葛雷易克（James Gleick）《混沌——不測風雲的背後》頁9。（天下文化，1991年7月初版。）

[9] 同註8，頁7。

[10] 同註8，頁389。

[11] chaos一字的中文翻譯就有「紛亂、混亂、一團糟」的涵義。

[12] 俯拾皆是的紊流例子見《混沌——不測風雲的背後》頁6至8，同註8。

[13] 見John Briggs & F . David Peat所著《混沌魔鏡》頁299至300。（牛頓，民國82年9月初版。）

[14] 同註13，頁352。

[15] 同註13，頁358。

[16] 同註13，頁361。

[17] 同註13，頁360。

[18] 海森堡的名言及對紊流的解釋見《混沌——不測風雲的背後》頁159至161，同註8。

[19] 見沃德羅普（M. Mitchell Waldrop）《複雜——走在秩序與混沌邊緣》頁443。（天下文化，1994年11月初版。）

[20] 同註19，頁449。

[21] 見伊里亞·普里戈金（Ilya Prigogine）《混沌中的秩序》（Order out of Chaos）前言頁1。（結構群文化，民國79年8月初版。）

[22] 同註21，前言頁15。

[23] 同註21，請參考前言及導論。

[24] 同註21，序頁23。

[25] 同註21，頁62。

[26] 本節所引用昆德拉的名著《可笑的愛》，是皇冠文化的版本，2004年2月初版四刷。

[27] 同註26，頁22。

[28] 同註26，頁28。

[29] 同註26，頁31。

[30] 同註26，頁32。

[31] 同註26，頁138。

[32] 同註26，頁140。

[33] 同註26，頁139。

[34] 同註26，頁280。

[35] 同註26，頁281。

思考四：召喚

從小說的四個召喚評論古典名著《紅樓》、《三國》及科幻傑作《死者代言人》、《明日滅亡》

接著要討論的一個「思考」，是一個評論小說作品很好的座標：小說的四個「召喚」。

一、《小說的藝術》的原文

遊戲的召喚（《小說的藝術》稱為『壯麗的遊戲』或『輕盈的頂峰』。）

夢的召喚（稱為『想像力盡情爆發之地』。）

思想的召喚（『理性的、非理性的、敘述的、沉思的可能手段，觀照人類的存在』。）

時間的召喚（『就像一個老人，一眼看清自己流逝的生命。』）[1]

二、哲理及解說

在《小說的藝術》中，昆德拉還有一種關於小說分類的說法。他說小說家有三種基本的可能性：「述說」一個故事，「描寫」一個故事，「思考」一個故事。也就是三種小說的類型：敘事的小說、描繪的小說、思索的小說。昆德拉把自己的作品歸類成第三種。[2]

但這裡要談的四個小說的召喚，並不是在談論小說的類型，毋寧把它看成是小說藝術的四個「標準」或「元素」。這是一個很好用的「軟體」，用來評量一本小說是否優秀的「標準」，或者一部作品符合了其中幾個小說召喚的「標準」。雖然藝術欣賞是很主觀的事，藝術評論也無法完全的客觀化，但畢竟這套「小說四個召喚」的理論，讓我們在主觀的藝術欣賞海洋中找到一根可以暫時依靠的客觀標準的浮木。

小說的四個召喚，其實意思接近小說的四種精神或四個特點。在這裡，筆者願意暫時跳開昆德拉，用自己的想法與語言把這「四個召喚」重新詮釋一遍；再一次證明我們只是「借用」昆德拉的洞見，對一個小說藝術的思考者來說，昆德拉的理論只是一個「參考系統」，本書不是「昆德拉學」，而是要利用昆德拉作為一個開端，來引申出一個定位、評論小說作品的參數或座標。好了，小說的四個召喚的涵義重新詮釋如下：

1、遊戲的召喚——趣味

用更簡單的話來說，所謂「遊戲的召喚」，即指一本小說的趣味性。

讀小說必須好玩，閱讀小說本身就是一個遊戲，「趣味性」是一本好小說很重要的元素，一本小說讀起來有沒有趣味是很重要的。在《小說的藝術》中，昆德拉稱小說為「壯麗的遊戲」，儘管壯麗，還是遊戲；又說閱讀小說會把閱讀者帶往「輕盈的頂峰」——飄昇至遊戲、愉悅、忘我的高峰經驗啊！也像本書的前言所說的：「小說沒有深度，等於失去靈魂；但再深刻、藝術性再高的小說如果不能走向市場與人群，就彷彿少了血肉。這是小說的宿命！」所以小說藝術是在「深刻性」與「趣味性」之間的一個永恆的拔河。

所以第一個召喚提醒我們：趣味、遊戲、通俗、市場與快樂的經驗，是小說藝術裡一個不能不兼顧的基本元素。

再一次強調，一本小說好不好看，是很重要的。所以昆德拉將它列為首要的「條件」或「召喚」。當然，「遊戲」本身有著更深刻的哲學內涵，這方面，修行大師奧修說得既清楚又深邃：

> 沒有路可以走到遊戲的心情，因為遊戲並不是一個目標，它不可能是一個目標。當你忘掉目標，當你並沒有要去到任何地方，當那個想要去到哪裡的觀念被拋開，那麼就在此時此地，那個遊戲的心情就會開始在你裡面成長。
>
> 不可能有任何地圖可以讓你達到遊戲的心情。
>
> 所有的地圖都引導你到嚴肅。遊戲的心情是當所有的地圖都被燒掉。
>
> …………
>
> 遊戲的心情並不是在彼時彼地，它是在此時此地，所以怎麼可能會有地圖？你並沒有要去到任何地方，你就只要存在。
>
> 嚴肅是目標導向的。即使當一個嚴肅的人開始遊戲，他也會改變那個遊戲的品質…………
>
> 遊戲根本沒有涉及目標……為了純粹的喜悅！……沒有人是贏家，也沒有人是輸家，因為那個贏和輸的觀念是非人性的……遊戲是不應該有任何結果的。[3]

也許這正是小說最「誘惑」人心的地方，閱讀小說應該是純粹的與非目的性的，它為過度目的導向的現實人生提供一個非目的的「放鬆」與「輕盈的頂峰」。另外，《老子》22章也說：「不自見故明，不自是故彰，不自伐故有功。」說的是「沒有自我」的作用與功能，而「遊戲」正是一個「沒有自我」的最佳狀態。在遊戲中，只留下純粹的能量、喜悅、與快感，自我的考量是不存在的。所以遊戲的生命態度也是非常道家的。《老子》27章及47章又說：「善行無轍迹。」「不為而成。」善於行動的人是看不到做事的痕跡的。用遊戲的態度去做任何事，也正有這種雲淡風輕卻能力高強的表現。

總之，遊戲就是一種很道家、很無為、非目的性、不抗爭的生命狀態。當一個人自然而然、不抗爭的投身生命之河，跟它玩，然後產生很大的喜悅，那就是遊戲。所以，「遊戲的召喚」就不只是一項小說藝術的標準，它根本就是一種生活方式、一個生命主張。那麼，提醒你，當你讀一部小說感到無聊時，不管那部小說有多偉大，不要猶豫，闔起來、放下它罷，至少它不是你當下該玩的遊戲，它不是你目前的方便法門，閱讀小說是很主觀、很「任性」、也很真的事情，不要勉強去玩不屬於自己的game。

2、夢的召喚——創意

用簡單的話來說，所謂「夢的召喚」，即指一本小說的想像力或創造力的部分。

昆德拉稱小說為『想像力盡情爆發之地』，小說的藝術是想像的藝術、創意的藝術、虛構的藝術，通過想像力的發揮，滿足、實現人類形形色色的不同夢境，所以稱為夢的召喚。

是否具備足夠的創意，當然是審視一部小說作品是否成功的一個重要標準。

3、思想的召喚——深度

用簡單的話來說，所謂「思想的召喚」，即指一本小說在思想上的深度。

如果一本小說只有趣味及創意上的發揮，那只是一個「商品」，不是一個「藝術品」；要能夠稱為小說藝術的，必須具備思想上的深刻。這是沒有問題的。思想的深度賦予創意及才華以靈魂。其實，也就是上文談到的，小說藝術必須開發「存在」的深度、「複雜」的深度。

這是一部小說作品的第三個「條件」或「召喚」，小說，除了好看，還必須深刻，還必須具備更大的思考彈性與可能。

4、時間的召喚——感動

用簡單的話來說，所謂「時間的召喚」，即指一本小說裡感動人心的力量。

在人生種種離合悲歡、死別生離的感人故事裡，「時間」往往是一個很關鍵的元素。不管是回顧漫長歲月的不勝唏噓（感性的緬懷過去），還是進入當下時刻的動人情境（全然的投身當下），都是昆德拉所謂的「時間的召喚」的感人能量。成功的小說就是善於捕捉「時間」的因素。尤其在悠長的人生歲月中，有時會碰觸到一些很讓人動容或很敏感微妙的關鍵片刻，這些「片刻」往往很難用言語描述及捕捉（筆者稱之為「魔法片刻」），但偏偏許多小說家的妙手能夠準確而傳神的將它記錄下來，這就是昆德拉重視的關於小說藝術的第四個「條件」或「召喚」。是的！時間往往蘊含了感動人類靈魂的祕密，而小說家的本領，就是能夠敏銳而神準的觀察時間、記錄時間、描寫時間。

其實傳統哲學已經注意到所謂「魔法片刻」或關鍵時刻的存在，而且提出很精闢的慧見，下面即舉一些古書上的精采文句作為例子：

（1）《論語．里仁》：「事父母，『幾』諫。」

（勸諫的時機也是一個「魔法片刻」。）

（2）《易經．繫辭》：「知『幾』其神乎！」

（能掌握到人生的「幾」，真是神啊！神準！）

（3）《論語．憲問》：「『時』然後言，人不厭其言。」

（掌握到正確的「時」機說話，別人就不會覺得你講話很煩。）

（4）《易經．文言》：「承天而『時』行。」

（繼承天命，適時發動。）

（5）《易經．繫辭傳》：「君子藏器於身，待『時』而動。何不利之有？」

（很有能力的人，也要等待行動的「時」機。）

（6）《老子》：「動善『時』。」

（7）《論語．先進》：「夫人不言，言必有『中』。」

（這一章《論語》是講孔子弟子閔子騫的言出如箭。古書的「中」常常是四聲「中ㄟ」，射中的中，深層意義是：所謂中國，即指一個「行動神射手」的國度。）

（8）《中庸》：「君子『中』庸。」「君子而時『中』。」

（中庸，以中為用。）

（9）《禮記．射義》：「射之為言繹也，或曰舍也。繹者，各繹己之志也。故心平體正，持弓矢審固，持弓矢審固，則射『中』矣。故曰：為人父者以父為鵠，為人子者以子為鵠，為人君者以君為鵠，為人臣者以臣為鵠。故射者各射己之鵠。」

（當爸爸有爸爸的樣子，當兒子有兒子的樣子，當老闆有老闆的樣子，當部屬有部屬的樣子。重點在射中自己，以自我為靶。反省自己，正己不怨。）

不只古書，許多中國人的成語也指出人生關鍵時刻的重要——「機」不可失、靈「機」一動、天「機」不可洩漏……當然，小說藝術與經典哲學的分別在關懷美與生命、感性與理性的不同視角，所使用的「名言」自然也有所差別，但我相信在深層意義上仍然是相通的。從上面的引文看得很清楚，古書稱為「幾、時、中」，或稱作「時中論」、「剛剛好理論」，都是中國哲學使用的「名言」。「魔法片刻」、「時間的召喚」則是小說藝術使用的「名言」。至於「蝴蝶效應、分叉點、開放系統、微異」等等，都是混沌學的「名言」。不管角度或用語如何不同，內涵上統統都是指一個一瞬即逝、微妙敏感的人生關鍵時刻。[4]

回到小說作品，接下來舉幾個例子來說明「魔法片刻」的藝術魅力。

第一個要舉的例子是科幻大師艾希莫夫的成名作品「基地系列」中的分叉點理論。簡單的說，「基地」故事的主線是講人類重建銀河文明、築構烏托邦社會的漫長興亡史。小說中安排了所謂的「謝頓計畫」與「謝頓危機」。「謝頓危機」是基地創始人謝頓預先安排好的一連串危機，每一次危機都把「基地」逼到歷史的刀口上，然後所有能量都集中在危機事件的爆發與解決，接著邁過危機，「基地」持續壯大，進入另一段漫長的穩定時期。譬如：第一次危機是「基地」利用合縱連横的政治手段逼退鄰近列強的吞併。第二次危機「基地」進一步利用宗教力量入侵文化程度較低的鄰國。第三次危機是宗教力量衰弱之後，「基地」改用商業力量征服敵人。艾希莫夫這樣的故事安排其實是諳合歷史發展的規律，而每一次危機等於是一個宏觀歷史的魔法片刻或蝴蝶效應。

從科幻再到古典，第二個例子我們來看一段古典名著《三國演義》中魔法片刻的場景。隨著商業媒體的大量炒作，三國故事早已是耳熟能詳的民間傳奇。而「三國」本身就是一部戰爭史，也是一個輝煌的「英雄時代」，順理成章的，出色的戰爭場面與鮮明的英雄人物便成了這部古典名著的兩大藝術特色。這裡要分析的是第五回的「溫酒斬華雄」，就是一個成功揉合兩者的例子。這一場戰役並不是千軍萬馬的大會戰，也不是各出奇謀的持久戰，甚至沒有正面描述戰場的細節，卻偏偏寫得暗潮洶湧、氣象萬千，毫不保留的展現出「魔法片刻」的藝術魅力。這場戰役的背景是十七路諸侯響應了曹操的號召討伐脅迫漢天子的董卓，諸侯公推袁紹為盟主，兵進汜水關，首次交鋒便遇上了董卓的驍將勁敵華雄，結果第一陣華雄就刀劈了部將鮑忠，又擊敗了名氣甚大的先鋒孫堅（孫策、孫權的父親），戰到天明，華雄引兵城下，形勢十分緊張。這時諸侯在作戰指揮部聚議，先鋒孫堅「傷感不已」，盟主袁紹束手無策，眾諸侯一個一個閉口不語，接連華雄又先後陣斬諸侯方面的大將俞涉、潘鳳，在這關鍵時刻，關羽出馬了。其實這一戰是關羽這位戰鬥英雄生平的第一場重要勝利，在這之前關羽不過是一個區區的馬弓手，這以後便不斷斬將立功，聲名大振。但小說家羅貫中處理這場「武聖」的首勝，卻完全不正面寫戰場中的一刀一槍，這正是小說家的高明處。我們馬上看看小說原文的描寫：

> ……階下一人大呼出曰：「小將願往斬華雄頭，獻於帳下！」眾視之，見其人身長九尺，髯長二尺；丹鳳眼，臥蠶眉；面如重棗，聲若巨鐘，立於帳前。……

本來盟主袁紹之弟袁術瞧不起關羽出身太低，這時只有曹操慧眼識英雄，全力支持關羽出戰，出戰前還熱了一杯酒，以壯戰鬥者的行色，但我們這位「關夫子」即開始表演他通貫全書的「酷勁」：

> 關公曰：「酒且斟下，某去便來。」出帳提刀，飛身上馬。眾諸侯聽得關外鼓聲大振，喊聲大舉，如天摧地塌，岳撼山崩，眾皆失驚。正欲探聽，鸞鈴響處，馬到中軍，雲長提華雄之頭，擲於地上，其酒尚溫。

這就是有名的「溫酒斬華雄」。這一段精鍊的文字充分表現了小說家的藝術功力，羅貫中完全不寫斬將立功的戰鬥場面，不正寫戰場，反而側寫軍帳，而通過軍帳議場氣氛的營造，更大大提高了讀者對戰況激烈的想像空間。戰場雖然放在後場進行，但從頭到尾，軍帳中一直傳來戰場的殺聲、鼓聲、喊聲，議場中又一直發生著議論、爭吵、派兵遣將，而且戰場的進行也始終影響著議場的「情緒」——失驚、失色、大喜、大怒、喝斥、大叫、以及袁紹的猶豫不決、袁術的刻薄猜忌、聯軍領袖之間的內在矛盾及貌合神離、曹操的豁達識人與收買人心等等。總之，沒有目睹的戰場一直緊緊激盪著書中人與讀者的耳鼓及心弦。直到中心人物關羽從戰場回返，「鸞鈴響處，馬到中軍，雲長提華雄之頭，擲於地上」，整個英雄神威即躍然紙上了！這種虛寫戰場、實寫議場而虛實互動的筆法，在有限的篇幅裡，既烘托出關羽銳不可當的精神武力與形象鮮明的英雄氣概，也同時把其他人物的個性及戰爭前後的通盤形勢刻畫得細膩周詳，大大加強了作品內容的含容量及藝術性。事實上這場戰爭歷時不長，但偏偏羅貫中能夠利用高明的寫作手法，傳神的捕捉住這「魔法片刻」，這就是「時間的召喚」的一個極佳範例罷。當然，我們最後不能不注意到「溫酒斬華雄」的那一杯酒。這一杯酒在藝術效果上起了很大的作用。在酒溫沒有冷卻的極短時間中，這一杯酒一方面清楚點出了關羽驕狂果決的個性及講究「神速」的戰鬥風格，另方面也表現了曹操的政治家風度，同時對顯出袁氏兄弟的平庸狹隘，甚至為後來許多情節的發展埋下了伏筆。在短短數百字的篇幅裡，竟然能容納如此寬宏的內涵，實在讓人不得不佩服小說家羅貫中善於從小（成功捕捉一個「魔法片刻」）立大的精湛藝術修養。

其實不只小說，許多電影作品也多有運用「時間的召喚」的藝術手法。

曾經看過一部電影作品《雙面情人》的手法即相當巧妙，很值得一提。電影英文原名是「sliding door」——可以滑動、改變的門（比喻人生之門）。意思是人生有些關鍵是可以移動的，而這些魔法片刻的改變足以影響人的一生。但這樣的生命之門一生中大概只會出現有限的幾次罷，中國人叫「幾」，小說藝術即稱為「時間的召喚」或「魔法片刻」。電影的片名設計與詮釋手法都很細膩，故事主要是講某上班女郎一日到了公司才發現莫名奇妙的被解雇，於是滿懷懊惱的提前坐地下鐵路回家，電影這時即出現了一個關係整個故事發展的魔法片刻或蝴蝶效應——女主角下地鐵樓梯時遇到一個迎面而來的小女孩，結果導演即巧妙的安排了兩個人生的不同可能。一個是女主角被小女孩稍稍擋住延誤而坐不上地鐵，另一個則是女主角靈活的繞過小女孩而趕進地鐵車廂中。沒坐上地鐵及沒提前回家的女主角當然也沒遇上同居男朋友的偷情，但趕回家的女主角卻捉姦在床而與男友傷心分手，從此發展出同一女主角的雙軌故事。導演在這裡要告訴我們的是：在人生極短暫的關鍵時刻及開放系統中，不同的變化即會造就往後全然不同的人生發展，這就是混沌學中「蝴蝶效應」的涵義——今天一隻在北京拍動翅膀的蝴蝶所造成的氣流擾動會漸漸擴大成三個月後舊金山的一場大風暴。[5]接著，在電影女主角的「雙軌人生故事」中，接連出現了六次雷同的「事件」。這樣的情節安排也符合命理學的基本原理：人生的「幾」不會太多，生命的最高點與最低點都一樣不會太多，隨便說，一生中只有七、八次罷。所以命理學的功能就在「清查」人生的高、低點然後趨吉避凶——擁抱與避開生命裡良性與負面的契機。從命理的角度，「事件」一定會發生，只是看怎麼發生，往哪一個方向發生。所以真正的命理學其實是同時擁抱宿命論與自由意志論的。回到電影，兩個女主角的六次雷同事件：

（1）在同一個晚上喝醉。（情況卻不同，一個因傷心男友的背叛而灌酒，一個在不知情的狀況下被良心有愧的男友哄著喝酒消愁。）

（2）同一個時間身處宴會的場合。（短髮的女主角嘗試創業為客人辦派對，另一個長髮的女主角失業當小妹供養男友而當晚餐廳裡客人特多。）

（3）同時發現自己懷孕，但交往的對象不同。（一個是人很好的新男友，一個是偷腥的舊男友。）同樣沒機會告訴對方。

（4）同時「發現」男友劈腿。（短髮的她誤會新男友已婚，長髮的她卻終於發現真相。）

（5）同時發生意外，卻一死一生。

（6）該遇到的人還是會遇到，只是看什麼時候。（電影的結局是倖存下來的長髮女主角離開醫院時在電梯巧遇另一個時空裡短髮的她——另一個自己——的好人男友。）

也許電影有點複雜，但手法很巧妙，討論人生關鍵時刻影響不同人生發展的意圖也很清楚。

其他表現出「時間召喚」或「魔法片刻」的藝術魅力的作品還很多，像諾貝爾文學獎得主南非作家柯慈的名著《屈辱》（Disgrace）[6]在故事的最後描寫一幕父女之間冰釋前嫌的「魔法片刻」即讓人動容而難忘。電影作品中，筆者也很難忘記著名導演史匹堡的《回到未來》系列，一直強調一定要通過時光旅行回到一九四〇年代某一年某一天的晚上，確保主角父母初次約會相擁共舞，因為有否出現這次共舞會影響到整個家族的存亡甚至是世界局勢的發展。同樣是藝術作品中的「時間的召喚」，前者偏重感性的處理一個動人的生命時光，後者明顯的是「蝴蝶效應」的一個科幻版本——小的輸入能產生巨大驚人的效果，個人的情感也會讓整個世界翻天覆地。

一一分析過昆德拉四個召喚的涵義，「遊戲的召喚」、「夢的召喚」、「思想的召喚」、「時間的召喚」，用更通俗的語言來詮釋，就是一本小說作品的「趣味、創意、深度、感動」等四項元素。其中「時間的召喚」比較複雜，也可能加上較多筆者個人的看法；但不管如何，四個召喚是一套很好用的「座標系統」，幫助我們更深刻、全面的閱讀、沉思、評論、穿透小說世界中的花園迷宮。

三、作品的印證

在這一節，我們通過兩部古典章回及兩部現代科幻來印證小說的「四個召喚」。嘗試一下這套評論軟體能否有效的穿透到不同時空、不同風格的作品的深層世界之中。將要進行分析的兩部章回小說是《三國演義》與《紅樓夢》，兩部科幻小說則是《死者代言人》與《明日滅亡》。《三國演義》的遊戲性很強，《紅樓夢》的思想性很深。而本節所選用的科幻作品都不是一般的科幻小說，《死者代言人》是很言情的科幻，內容沒什麼太空大戰、正邪對決等等的武場；《明日滅亡》更怪，在科幻故事裡甚至談了許多佛學思想。總之，這四部都是很值得討論的優秀作品。但這四部作品擁有一個共同點——都是文字數量龐大的長篇小說，大概只有篇幅夠長的作品才能讓「四個召喚」擁有足夠發揮的空間罷。不過，筆者要再一次強調，不是必須同時擁有「趣味、創意、深度、感動」的小說才是好小說，每部作品、每種風格的揚抑及凸顯面都不同，許多偉大的小說也許只擁有一、二、或三個召喚，「四個召喚」的評論軟體必須放在單一作品上作個案的處理與分析，才是合適的。

另外，下文將對每部作品的「四個召喚」各給予一個代表特定意義的數字。當然，文學藝術的欣賞無法絕對的量化，量化只是提供一個方便，所以先行強調，這裡的數字只是參考值，不是絕對值。下列的數字代表每個召喚在小說作品中的不同強度：6＝非常強，　5＝很強，　4＝強，

3＝普通，　2＝弱，　1＝很弱。

1、趣味性、藝術性強於思想性的《三國演義》

我們就開始從「四個召喚」的視野去評論中國章回小說的經典，《三國演義》。

首先是遊戲的召喚。光是從外圍的現象判斷，只要看商業媒體大量開發、利用《三國》故事與人物的程度，就強而有力的證明了《三國演義》可能是中國古典長篇小說中遊戲性、趣味性最高的一部。如果從作品內涵去論述，即像上文提到的，戰爭場面與人物造型是《三國演義》的兩大「賣點」，那麼，筆者即嘗試從造型人物的手法去說明這部長篇作品的遊戲性。在《三國演義》中，常常喜歡用「陰陽對照」的筆法去凸顯人物的形象及性格，而往往運用得很高明。第一個例子是在赤壁之戰中，小說用魯肅的憨直襯托諸葛亮的才智，這只是普通的高明，進一步以周瑜的才智襯托諸葛亮更高一籌的才智，這就是真正的高明了。所謂「以愚顯智，只見常智；以智顯智，方見真智。」第二個例子是寫關羽與曹操之間的陰陽對照，小說中將這一對英雄與奸雄之間的互動，處理得十分高明而有趣。《三國演義》的著名評點家毛宗崗在第二十六回回首的總評，即點出了這一點：

> 以豪傑折服豪傑不奇，以豪傑折服奸雄則奇；以豪傑敬愛豪傑不奇，以奸雄敬愛豪傑則奇。夫豪傑而至折服奸雄，則是豪傑中有數之豪傑；奸雄而能敬愛豪傑，則是奸雄中有數之奸雄。[7]

在《三國演義》中，從關羽暫降曹操、斬顏良文醜、到過五關斬六將一段，即可以清楚感受到關羽如何用他的天真率直折服滿肚子計謀的曹操的英雄魅力。第三個例子是魏、蜀、吳三國之間的對照，《三國演義》不只個別人物寫得出色，處理三國人物集團的形象，也凸顯出非常鮮明而有趣的對比——蜀漢陣營的忠義熱血，曹魏陣營的機詐權變，以及孫吳陣營的儒雅風流，清楚對照出三方全然不同的形象及各異其趣的美學風格；可以說，蜀漢是英雄集團，而失之於稍感「乾硬」；曹魏是梟雄集團，而難免讓人感到有點「無恥」；孫吳是儒將集團，卻似乎欠缺恢弘的「氣派」。但不管優點缺點，羅貫中成功的建構出壁壘分明的人物美學風格。總之，從人物造型這一點即能夠清楚看出《三國演義》確實夠資格稱為一個「壯麗的遊戲」。

再來談夢的召喚。也就是這部長篇小說的創意問題。關於這個問題，傳統的意見主要有兩派。其中一派認為《三國演義》受歷史事實限制，不能像《水滸》、《紅樓》、《西遊》等作品可以天馬行空的發揮想像力。但另一派說法則主張「七分真實，三分虛構」的寫法反而表現出《三國演義》優異的創造力。這話怎麼說呢？就是說《三國演義》雖然是根據史實而寫，但這種寫法反而提供小說家「據實而『創』」的機會，讓小說家得以表現不受歷史事實規限而創奇出新的雄健筆力。也許，從創作的角度來說，「從有生有」比「無中生有」更具創作難度罷。（一個現成的例子就是：近年流行「無中生有」的奇幻文學，其實中間許多作品都是胡謅亂寫的。）舉赤壁之戰為例。這是三國歷史中很關鍵的一場戰役，但羅貫中剛好在這場戰爭中表現出優秀的「夢的召喚」的能力。大陸學者易中天即看出赤壁之戰在《三國演義》中的特殊性：「《三國演義》中虛構成分最多的就是這一部分，寫得最精采的也是這一部分。」[8]易中天又指出《三國演義》寫赤壁之戰寫得非常精采，但花了八回篇幅濃墨重彩加以渲染的戰爭故事，像「舌戰群儒」、「智激周瑜」、「龐統獻計」、「蔣幹中計」、「草船借箭」、「伏兵華容」等等，不是虛構杜撰，就是放大誇張，但這些正是《三國演義》中最好看的部分。甚至連曹操兵敗的原因，小說與歷史也不同。《演義》中曹操的戰敗主要是由於諸葛亮、周瑜、龐統等人的連環用謀，火燒了曹魏陣營的連環船。但歷史上曹軍戰敗的真正原因，可能是由於曹軍中瘟疫流行及曹操的戰略錯誤所致。[9]羅貫中之所以選擇這樣寫，恐怕是一種凸顯諸葛、周瑜等人的英雄形象、更具戲劇效果的寫法罷。總之，小說家採用的是「從有生有」、「以實寫虛」的寫法，倒不能小覷了歷史小說仍然具有豐富的創造力與想像力的可能。

跟著分析《三國演義》中思想的召喚。其實從現行版《三國演義》卷首所引用明代學者楊慎的詞[10]，即可以清楚看出通貫全書的中心思想——「命定思想」以及天命不可違逆下所鋪展的「悲劇文學」。簡單的說，歷史天命不可改變，而蜀漢英雄都是不可改變天命下的悲劇英雄。這樣的思想主題從頭到尾貫徹整部作品。譬如赤壁戰後，孔明調遣關羽伏兵華容道卻早知道無法殺曹。又像孔明必須赴四川輔助劉備而不得不將防守荊州的重責移交關羽，卻預感悲劇將至的無奈與悲涼。以致後來孔明的六出祁山與姜維的九伐中原一一無功，在上方谷又燒不死司馬父子的天數，及至最後三國歸晉更有英雄事業終赴東流的宿命意味等等，都有著很強烈「注定」的味道。其實，在小說中，早在孔明出山之前，孔明的好友水鏡先生就曾經說：「臥龍雖得其主，不得其時，惜哉！」「時」，正是歷史宿命的意思。另一個好友崔州平也曾對劉備說：「數之所在，理不得而奪之；命之所在，人不得而強之。」正是《三國演義》命定思想的透露。至於後來孔明六出祁山，有謀士規勸曹魏天命正盛，不可輕易出兵，孔明卻說：「天道變異不常，不可拘執」，則正表現出在命定思想下不服輸的悲劇英雄的心境了。不過，平心而論，這樣的思想主題畢竟過於粗淺、流於通俗，沒有通過故事展開更深刻的思想觀念，也許，《三國演義》最精采的是它的藝術性與趣味性，在幾部重要的古典章回小說中，《三國演義》的思想性畢竟是較弱的。

最後是時間的召喚。即像上文所舉第五回「溫酒斬華雄」的例子，在《三國演義》這部長篇作品中，應該不乏許多精采紛呈的魔法片刻的描寫。除了「溫酒斬華雄」之外，第四十一、四十二回的「劉玄德攜民渡江」，寫劉備仁厚愛民卻不免迂腐的真英雄氣象、百姓的誓死相隨、曹軍的窮追猛打、兵敗戰亂的慘狀、以及張飛趙雲的英雄氣概等，頗能將戰場上跌宕變幻的魔法片刻刻畫得讓人動容驚心。另一個例子，第七十四回寫關羽在荊州決戰曹魏方面的龐德、于禁，及至水淹七軍一段，也同樣能將戰爭魔法片刻的複雜性處理得很精采。當然，由於《三國演義》強烈的戰爭小說風格，所以故事中的時間的召喚都是傾向陽剛的調性，而缺少細膩感性的心理描寫，這是藝術風格上的必然取向。

那麼，我們嘗試總結一下《三國演義》的四個召喚的強度（數字的意義如上文設定）：

	遊戲的召喚——趣味	夢的召喚——創意	思想的召喚——深度	時間的召喚——感動	總分
《三國演義》	6	4	3	5	18

稍稍解讀一下數字的意義：很明顯的，《三國演義》是一部趣味性、藝術性強於思想深度的長篇作品，而對四個召喚也頗能平均的顧及。當然，筆者一再說明數字是參考值，不是絕對值，上面的數字是筆者個人的座標與看法，你自然可以擁有對《三國演義》不同的評價，而四個召喚就是一個很好用的評價軟體。

2、思想性強於趣味性的《紅樓夢》

談完《三國》，再談《紅樓》。《紅樓夢》是一部思想深厚的古典長篇小說，剛好是《三國演義》的一個對照組。

在四個召喚之中，《紅樓夢》最強的是思想召喚與夢的召喚。

《紅樓夢》的思想召喚是很有名的，而且歷來成就卓著的評論家輩出，匯聚成所謂的「紅學」。譬如余英時的「兩個世界」的說法，就是一個很重要的「紅學」的評論。余英時注意到曹雪芹在《紅樓夢》裡創造了兩個鮮明而對比的世界，可以分別稱為烏托邦世界與現實世界、大觀園的世界與大觀園以外的世界、清與濁、情與淫、真與假、乾淨土與骯髒濁世、唯一有意義與實際等於不存在（對大觀園眾女兒們而言）等等的兩個世界。但這兩個世界是一直緊密糾纏、串聯在一起的，最乾淨的其實是從骯髒中出來的，最後又無可奈何的要回到骯髒中去，所謂「欲潔何曾潔，云空未必空。」而紅樓夢的悲劇性就表現在現實世界的各種力量不斷向純淨清澈的精神世界衝擊、壓迫而終歸幻滅的宿命過程。這就是曹雪芹所見到的人間世的最大悲劇！[11]

再舉另一個分析思想召喚的例子，葉朗提出了《紅樓夢》「唯情觀」的評論。葉氏引用脂硯齋對《紅樓夢》的評點說：「作者是欲天下人共來哭此情字。」葉朗認為：「肯定『情』的地位，追逐『情』的解放，確是曹雪芹的審美理想，也是《紅樓夢》的核心思想。」[12]

不管是余英時「兩個世界」的解讀，還是葉朗「唯情觀」的看法，都可以從中看出這部古典名著深厚的思想的召喚。

在夢的召喚方面，《紅樓夢》是在古典章回小說中原創性很強的鉅著，而且是有嚴謹創作計畫的長篇鉅著。余英時曾說：「紅樓夢的創作，作者時時有全局在胸，是非常明顯的。」[13]不同於《三國演義》、《水滸傳》、《西遊記》等有長期流傳的話本作為根柢，《紅樓夢》幾乎完全是小說家曹雪芹苦心經營的個人創作。

在時間的召喚方面，《紅樓夢》同樣有著許多精采的魔法片刻的描寫。像三十一回「撕扇子作千金一笑」講寶玉、晴雯幾個小兒女拌嘴傷情的時光，看似瑣碎，其實細膩動人。又像小說最後講寶玉離家、赴考、中舉、棄家，字裡行間隱約瀰漫著懸疑、怪異、傷感的氣氛，也是充滿悲劇情調的一段魔法片刻的描繪。

最後，關於遊戲的召喚，《紅樓夢》與《三國演義》的內容屬性與文字風格是全然不同的——《三國演義》是陽剛的，《紅樓夢》是陰柔的；《三國演義》是男性的，《紅樓夢》女性的；《三國演義》是「戰爭英雄」的小說，《紅樓夢》是「癡情兒女」的故事；《三國演義》的寫法是雄渾的，《紅樓夢》的筆觸是細膩的。筆者個人認為，閱讀《紅樓夢》最大的趣味在賞玩其中對人物精細深刻的描寫，譬如寫賈寶玉的絕代情痴、林黛玉的純真決絕、薛寶釵的圓滑內斂、王熙鳳的八面玲瓏、晴雯的高傲風流……等等，寫小兒女的真性情寫得蕩氣迴腸，讓人物靈魂躍然紙上。但整體來說，《紅樓夢》的遊戲性、趣味性畢竟不如《三國演義》的通俗與深入人心。

那麼，關於《紅樓夢》四個召喚的評量，或許可以參考下表：

	遊戲的召喚——趣味	夢的召喚——創意	思想的召喚——深度	時間的召喚——感動	總分
《紅樓夢》	3	5	6	5	19

可以很清楚的看出，《紅樓夢》的寫作向度剛好與《三國演義》相反，這是一部思想性強於遊戲性與趣味性的長篇鉅著。

3、成功融合深度與通俗的《死者代言人》

談完中國的、古典的章回小說的四個召喚，接著嘗試分析西方的、現代的科幻作品的例子。

首先介紹新銳美國作家卡德的名著《死者代言人》。歐森·史考特·卡德（Orson Scott Card1951－）是目前筆鋒甚健的多產小說家，卡德在科／奇幻界最高桂冠的雨果獎及星雲獎總共獲得了二十四次提名，並有五次捧回了首獎獎盃的紀錄，而其中《戰爭遊戲》（Ender's Game 1985年發表）及《死者代言人》（Speaker for the Dead 1986年發表）兩部作品竟然史無前例的拿下了連續兩年雨果獎及星雲獎長篇小說的雙料獎項！《戰爭遊戲》及《死者代言人》是卡德的「安德系列」中第一、二部長篇作品，也是這個系列最精采的兩部，尤其《死者代言人》更是卡德在這個系列中的主打力作。這是一部罕見的雅俗共賞、同時兼顧藝術與市場、共同擁有思想的召喚與遊戲的召喚的難得佳作。

首先在遊戲召喚與夢的召喚方面，卡德在《死者代言人》中說了一個很好看、充滿創意、史詩般波瀾壯闊的故事。故事中有橫跨三千年時空的宇宙流浪、有主角安德從異族屠戮者變成異族保護者的痛苦歷程、有神通廣大的英雄傳奇、有詭譎多變的星際局勢、有豬仔外星人奇特的生命型態、有豬仔與人類因為愛的誤解所種下的慘劇血仇、有開膛活剝血淋淋的成長歷鍊、也有對受傷心靈深邃的撫慰與治療……雖然《死者代言人》的內容幾乎完全沒有星際戰爭、神奇武器等等的「武打戲」，但小說家卡德真是一個說故事的高手，把一部全是文戲的科幻作品寫得引人入勝、蕩氣迴腸，把嚴肅的內容說成了一個動聽的故事，一個創意十足的故事，而且也是一個深刻的故事。

談到深刻，《死者代言人》的思想召喚更是這部作品最強的一環。《死者代言人》講了一個關於深刻的寂寞與隱痛、溝通的艱辛與漫長、以及真正的救贖與安慰的心靈故事。在《死者代言人》與它的前傳《戰爭遊戲》中，卡德使用兼具濃厚宗教情懷與細膩內心描寫的筆觸，探索不同生命經驗之間溝通及了解的艱困、悲辛與莊嚴。而下列的兩個議題，更是這兩部作品的中軸線：

（1）兒童心靈的睿智與殘酷、黑暗與光明

我們不知道為什麼卡德會在小說裡對兒童內心世界（尤其是天才兒童）這一議題用上這麼龐大的力氣去關懷？但讀完小

說，真的由衷同意小說家不愧是兒童內心秘密深深的刺探者與安慰者。卡德筆下的天才兒童不只是技術心智的天才，同時更是情感心智的天才。所以這些天才兒童不只聰明機敏，而且能夠深刻的了解他人的心意，同時又尖銳的感受到他人全然不了解自己的寂寞，進一步更驚訝的發現自己能夠準確無誤的掌握他人內心的弱點！於是當這些情感心智的天才進入一個充滿壓力及痛苦的環境之中，他們便順理成章的將這份情感心智的能力轉化為能在瞬間掌握敵人內心的真正意圖與整體敵我形勢，以便掙扎求生的能力；也就是說，卡德筆下的天才兒童深深懂得如何在惡劣、險峻的環境裡表現出機智靈巧的求生手段。那麼生命即徘徊在睿智與殘酷、光明與黑暗、利他與利己、愛與摧毀的痛苦矛盾之中，這大概是天才生命嚴峻的宿命與選擇罷。小孩是可愛的，也常常是現實的；他們潛力無窮，也同時脆弱寂寞；他們善良，但也有殘忍的一面。而卡德則將他同情與犀利兼具的筆鋒深深伸進兒童內心世界的雙面秘密之中。

（2）不同生命經驗之間的衝突、誤解、溝通、與救贖

在《戰爭遊戲》中講人類與蟲族外星人因誤解而引起的滅族戰爭，以及在《死者代言人》中講人類與豬仔外星人因生命型態不同而發生的慘劇——其實就是一個關於「不同生命經驗之間衝突、誤解、溝通、與救贖」的科幻寓言。在這個議題上，《死者代言人》留下了許多發人深思的警語：

> 我們從不質疑自己完全相信的東西。[14]

頑固與自我執著正是誤解與痛苦的根源，即像詩哲泰戈爾說的：

> 飛鳥想這是善舉，如果把魚兒舉入高空。[15]

相反的，打破自我的界限，走出來面對真相，過程雖然痛苦，卻是真正的生命救贖之道：

> 無知和欺騙救不了任何人，只有知道真相才能救他們。[16]
>
> 越接近事實的核心，這個過程就越痛苦，但奇怪的是，到了最後，這種探索反而讓人的心靈寧靜下來。[17]

也許小說家真正要告訴我們的是：每個生命都是一座「孤島」，孤島與孤島之間的航旅常常充滿了許多不可知的風險，而這些風險往往是由彼此的差異性引發的誤解、成見、私心、自大、貪婪、愚蠢與佔有慾所造成的；因此，這是一趟很漫長很漫長、很艱辛很艱辛、很悲傷很悲傷、很危險很危險的心靈之旅。如果在旅程中因差異與無知造成了對方的傷害，即要花費更多、更深的智慧、耐心與愛去進行慰藉與救贖。

最後，在時間的召喚方面，《死者代言人》也有精采的魔法片刻的描寫。筆者印象最深的是故事談到死者代言人安德剛到豬仔的星球時，幫助解開研究豬仔生態的天才女科學家娜溫妮阿三代之間複雜的愛與苦，並治癒了娜溫妮阿及六名孩子長期封閉與受傷的心靈，因此贏得了娜溫妮阿及孩子的愛的一段文字。這簡直是一小篇「心理治療小說」！行文真實感人，筆觸細膩曲折，內容通達情理，氣氛幽微真摯。能夠在通俗的文類裡，將如此真切的治療情境與輔導心得寫得絲絲入扣，小說家卡德應該有過真實的輔導經驗，也同時擁有善於捕捉魔法片刻的生花妙筆。

筆者認為，《死者代言人》最出色的成就是成功的融合了思想性與遊戲性——文筆流暢、文字漂亮、故事好看、娛樂性強，再加上內涵深邃。深度與通俗，藝術與市場，同時顧到了。請參考下表：

	遊戲的召喚——趣味	夢的召喚——創意	思想的召喚——深度	時間的召喚——感動	總分
《死者代言人》	6	6	6	5	23

4、寄寓佛學思想的科幻作品《明日滅亡》

接著要討論的另一部科幻作品《明日滅亡》，卻有著與《死者代言人》在四個召喚上不同的傾向及表現。

《明日滅亡》是華裔小說家張草的作品。張草（本名張容嶙1972－）是一位出生在馬來西亞沙巴州，後來赴台灣求學的華文作家。張草的代表作是由《北京滅亡》、《諸神滅亡》、《明日滅亡》三部長篇小說組合成的所謂「滅亡三部曲」，其中《北京滅亡》得到第三屆「皇冠大眾小說獎」的首獎，但筆者最激賞的是第三部《明日滅亡》波瀾壯闊的場景及深刻動人的情懷。

張草與前文提到的卡德，這一土一洋的兩位小說家擁有著相當契合的寫作風格：「文以載道」的藝術類型、鮮明的宗教背景、深刻的思想元素、以及細膩感人的言情筆觸。而他們作品中的「文以載道」，就是藉科幻之文展現生命之道。尤其《明日滅亡》裡的「道」（思想召喚的部分），是「三部曲」中最突出的。

首先談論夢的召喚。「滅亡三部曲」寫出了一部氣勢磅薄的地球興亡史。這一部史詩式的小說有著太多、太複雜的主題及支線，但小說家張草一路寫來，卻顯得行有餘力，而且情節推展合情合理，這就是寫作的功力了。故事從地球第一個智慧種族海豚文明開始談起，談到海豚文明所創造的人工智慧生命「撒馬羅賓」，再談到人類文明的躍上演化舞台及最終世界核戰「大毀滅」事件，到巨型量子電腦「瑪利亞」及「瑪利亞」重建的第二個人類文明，到旁支的火星文明，到超能力時間旅行者「奧米加」的出現，到時間旅行到中國明朝的明月及正思，到正思遇到明朝崇禎年間的神祕大爆炸事件以及後來遇見釋迦牟尼佛仍在世的弟子大迦葉尊者，到正思在大迦葉尊者的引領下長時間坐禪一直邁過「大毀滅」事件、地球聯邦及人類文明的摧毀，甚至最終講到地球生命在數十億年後告終而地球的殘骸漂流到宇宙的遠方演化成另一個星系，終於正思在新行星上等到第二個佛陀（彌勒佛）的出世而故事結束。「滅亡三部曲」的故事創意無窮，思路天馬行空，手法別出心裁，在夢的召喚方面表現突出。但在遊戲的召喚方面，雖然不失為一個很好看的故事，但比起前一本討論的《死者代言人》，文字似乎稍嫌艱澀、內容也略為枯燥。

如果從思想召喚的角度評論，《明日滅亡》的深層內涵只有一個主題：從佛學的觀點看生命及文明的興亡及虛幻。或許更直接的說，「滅亡三部曲」是一部佛學版的科幻小說，通過科幻小說的形式探討佛學中「成、住、壞、空」的宇宙觀——這是一個佛教對世界生滅變化的基本觀點，認為任何一個世界必須經歷誕生成立、持續演變、破壞毀滅、回歸虛空的過程，無有例外，而且這是另一個世界誕生成立、持續演變、破壞毀滅、回歸虛空的必然開端。在整個「滅亡三部曲」的系列故事中，充滿了佛學的名詞、知識、理論、觀點，甚至經文！把艱澀的佛理放進通俗的小說故事之中，已經不容易，甚至把整段佛經經文引用進文內[18]，卻偏偏能把整個故事處理得深入淺出，這就是了不起的文學成就了。也許，我們可以這樣說，《明日滅亡》其實就是一部以科幻小說形式出現的佛學論著。故事裡不經意寫下的一句話，正好透露出《明日滅亡》的創作理念：「世間的苦難和毀滅是一種必然的循環，不足為奇，該做的是如何超出於恐懼之外。」[19]如果一定要挑毛病，倒是有一點可以提出討論：《明日滅亡》在小說的淺層結構上創意不絕，讓讀者驚奇不斷；但在深層結構裡，似乎所表達的都是現成的佛理，並不見太多小說家本身的看法與洞見，所以讀完整部作品之後，難免會給人有一點「說教」的感覺。比起上文所討論的另一位小說家卡德強烈的個人風格，張草先生在作品的深層世界所表現出來的血肉及實感，似乎要稍遜色三分了。

至於在時間的召喚上，《明日滅亡》確實是較少描寫魔法片刻的例子。

對筆者而言，閱讀《明日滅亡》最重大的意義，是讓我看到科幻小說的深刻性與可能性，連佛學這麼難「啃」的骨頭，科幻文類一樣咬下去了。請參考下表：

	遊戲的召喚——趣味	夢的召喚——創意	思想的召喚——深度	時間的召喚——感動	總分
《明日滅亡》	4	6	4	2	16

「四個召喚」是一個很好的閱讀、沉思、研究、評量各種小說作品的評論軟體，也許下面的數字你不盡同意，但正好用來對照不同的閱讀者對同樣作品看法上的差異：

	遊戲的召喚——趣味	夢的召喚——創意	思想的召喚——深度	時間的召喚——感動	總分
《三國演義》	6	4	3	5	18
《紅樓夢》	3	5	6	5	19
《死者代言人》	6	6	6	5	23
《明日滅亡》	4	6	4	2	16

註釋：

[1] 見米蘭・昆德拉（Milan Kundera）《小說的藝術》頁24至25。（皇冠文化，2004年3月初版。）

[2] 同註1，頁166。

[3] 見奧修《生命的遊戲》頁113至114。（奧修出版社，2002年9月初版。）

[4] 關於這個議題更詳細的討論請參考拙著〈當「幾微時中」遇上「蝴蝶效應」——「魔法片刻」之研究，一個東西方智慧交會的例子〉。（見鵝湖月刊422期頁44至55，民國99年8月出版。）

[5] 蝴蝶效應的涵義請參考葛雷易克（James Gleick）《混沌——不測風雲的背後》。（天下文化，1991年7月初版。）

[6] 見柯慈《屈辱》。天下文化，2000年10月初版。

[7] 見葉朗《中國小說美學》頁170。（里仁書局，民國76年6月初版。）

[8] 見易中天《品三國》頁355。（香港三聯書店，2009年1月初版7刷）

[9] 同註8，頁355至366。

[10] 楊慎（1488-1559）是明代著名的學者，在明世宗「大議禮」事件中遭貶謫後潛心著述，被後世論者推為有明一代博學饒著第一。曾作〈臨江仙〉一詞，即《三國演義》卷首膾炙人口的：

滾滾長江東逝水，浪花淘盡英雄，是非成敗轉頭空，青山依舊在，幾度夕陽紅。

白髮漁樵江渚上，慣看秋月春風，一壺濁酒喜相逢，古今多少事，都付笑談中。

[11] 余先生的見解在「紅學」中是一個很重要的提出。余先生認為紅樓夢的兩個世界，一方面是涇渭分明，一方面又是互相交涉。而寶玉在書中情淫具備、清濁兼資，正是這兩個世界之間的接筍。本文的意見引用自《中國古典小說論集 第二輯》中余英時〈紅樓夢的兩個世界〉頁1至32。（幼獅文化，民國66年8月二版。）

其實葉朗先生也有類似的意見。它認為大觀園是曹雪芹所創造的「有情之天下」，一個理想的世界，而這個理想世界不能不在惡濁的現實世界，即「有法之天下」的包圍中，一直受著侵襲、壓迫和破壞。所謂「一年三百六十日，風刀霜劍嚴相逼。」不僅是林黛玉個人的遭遇，也是「有情之天下」的遭遇。終於，春天被扼殺了，春夢消散了，理想破滅了。所以《紅樓夢》是一部有情天下最終風雲流散的悲劇。見葉朗《中國小說美學》頁259。（里仁書局，民國76年6月初版。）

[12] 見葉朗《中國小說美學》頁254及256。（里仁書局，民國76年6月初版。）

[13] 見《中國古典小說論集 第二輯》中余英時〈紅樓夢的兩個世界〉一文頁7。（幼獅文化，民國66年8月二版。）

[14] 見歐森・史考特・卡德（Orson Scott Card）所著《死者代言人》頁257。（四川科學技術出版，2003年9月初版。）

[15] 見泰戈爾著、糜文開譯《泰戈爾詩集》之《漂鳥集》頁24，123號詩。（三民書局，民國89年8月初版19刷。）

[16] 同註14，頁211。

[17] 同註14，頁292。

[18] 譬如「滅亡三部曲」的第二部《諸神滅亡》頁148至151即引用了一大段《心經》的原文。（皇冠文化，2001年10月初版。）

[19] 見張草所著《明日滅亡》頁196。（皇冠文化，2003年6月初版。）

思考五：

割裂

從《異鄉人》、《異鄉異客》、〈飢餓藝術家〉與〈蛻變〉談小說的兩種割裂

「四個召喚」之後要討論的「思考」，是「兩種割裂」，這是小說作品經常處理的題材。

一、《小說的藝術》的原文

> 人在知識上越是向前行，就越是看不見世界的整體和自己[1]

二、哲理及解說

昆德拉的原文是這樣說的：

> 科學的躍進將人推進了各個專門學科的隧道裡，人在知識上越是向前行，就越是看不見世界的整體和自己，陷入胡塞爾的弟子海德格所說的『存在的遺忘』之中，這是一個美得近乎魔法的用語。[2]

大陸學人李思屈進一步整理及評論：

> 科學的興起把人類推進了專業分科的隧道。人在知識上越進步，他對作為一個整體的世界和他自己的自我就愈不清楚[3]

所以這段文字的重點是「看不見世界的整體和自己」，而造成了「存在的遺忘」，存在的遺忘又可以詮釋為與存在感的「割裂」。從昆德拉的話引申出來的「割裂」，是許多擁有「思想的召喚」的小說作品經常處理的題材；而「割裂」，又可以分成兩種。

第一種割裂讓人看不見世界的整體，第二種割裂卻讓人看不見自己；第一種割裂讓人不認識世界，第二種割裂卻讓人不認識自己；人，驚訝的發現自己是這世界的過客，而且也是自己的陌路人；第一種割裂讓我們「見樹不見林」，第二種割裂則是增加了了解自我的困難。因此稱這兩種割裂為整體的割裂與自我的割裂、或稱為外在的割裂與內在的割裂。整理成下表：

第一種割裂	不認識世界	與世界疏離	見樹不見林	整體的割裂	外在的割裂
第二種割裂	不認識自己	對自己陌生	自我了解的困難	自我的割裂	內在的割裂

與世界疏離，感覺不到世界的體溫，每個生命都是一座孤島，孤島與孤島之間沒有通航的可能……進一步甚至發現不認識自己的靈魂，感官與心靈割裂，自己竟然是自己的陌路人！這是一份何其沉重、巨大、悲愴、揮之不去的孤獨啊！卻正是許許多多現代靈魂宿命般的共業。荒謬的是，現代人幾乎對所有的人性議題陌生，卻唯獨對孤獨的感受熟悉不過，這幾乎是一種現代普世的經驗。而孤獨的源頭正是割裂。下文我們將通過卡繆與卡夫卡兩位存在主義小說大師的作品，來探討這個小說藝術的基本法——外在的割裂與內在的割裂。

三、作品的印證

在本節，我們通過兩部長篇小說（《異鄉人》與《異鄉異客》）及兩篇短篇小說（〈飢餓藝術家〉與〈蛻變〉）來印證兩種割裂的問題。在這四篇作品中，有的專心處理一種割裂，有的討論兩種割裂之間的辯證關係，有的則刻意表現兩種割裂同時存在的曖昧可能。我們先從卡繆的《異鄉人》談起。

1、卡繆《異鄉人》的身影懸疑的擺盪在兩種割裂之間

《異鄉人》是一篇深深隱藏著爭議性的文壇名著。

《異鄉人》的爭議性是根源自作者對深層主題的處理曖昧不明——究竟小說中的主角莫魯梭是身處在一個荒謬、異化的世界？還是他本身是一個荒謬、異化的存在？（或者兩者皆是？）《異鄉人》的懸疑身影一直在兩種割裂之間游移擺盪。

一九一三年出生的卡繆，是法國籍的小說家與散文家。卡繆在一九五七年獲得諾貝爾文學獎，《異鄉人》則是他在一九四二年發表的第一部小說作品，卻成為他歷年來最膾炙人口及最富爭議性的代表作。

《異鄉人》的故事很簡單，小說中的主角莫魯梭幾乎是一個對所有事情「沒感覺」的人。從故事開始沒感覺的參加了母親的葬禮，接著在母親葬禮後的第二天沒感覺的邂逅了海灘女孩瑪麗並跟她上床，然後沒感覺的幫助鄰居雷蒙設計羞辱及報復雷蒙的女朋友，卻因此莫名其妙同時沒感覺的槍殺了一個

跟雷蒙爭執但素未謀面的阿拉伯人，到沒感覺的被逮捕、囚禁、受審，在囚禁期間莫魯梭甚至對希望、上帝、生命的意義都沒有感覺，也許對莫魯梭來說，唯一有感覺的是每個人都無法逃離的死亡命運，因為他覺得死亡之風「敉平了人們向我經營的一切虛假的觀念」[4]。最後，莫魯梭仍然沒有感覺的等待著明天的死刑。很明顯的，莫魯梭是這個世界裡徹徹底底的異鄉人——第一種割裂，但，卡繆到底要將他的小說人物經營成一個全然「沒感覺」的人？還是一個真正勇敢的人呢？

從卡繆的哲學觀及從他對自己作品的評論來看，顯然是傾向後者的答案。事實上，卡繆認為人與他所存在的世界之間的斷裂，是一種不可避免的悲劇宿命，也因此注定了人類生存處境的荒謬與悲慘。卡繆說：

> 追求人與世界之關係的整體概念，其所表現的仍是人類最深的希望之一，而其不可避免的失敗則標示著人同他自己關係的一種危機。[5]

那麼人類基本的生存狀態就必然是悲哀、孤獨、荒謬、割裂的狀態：

> 人類——這唯一的道德生物——一切的目的態度與價值態度都成了問題。這個世界對這些態度並不提供支持，但人類卻是這個世界上講求價值與目的的生物，這一種孤獨，卡繆就稱之為人類處境的荒謬性。[6]

所以卡繆在他的作品裡，即嘗試對抗這種與世界疏離、割裂的荒謬，透過故事中人去背叛並超越世界對人的冷漠。而《異鄉人》裡的莫魯梭便是這樣的一個嘗試。在英文版《異鄉人》的序文中，卡繆曾經這樣的評論：

> 這本書的主角之所以被定罪，是因為他不肯演戲。就這層意義來說，他是他的社會中的陌生人……
>
> 答案是單純的：他拒絕說謊。說謊並不只是說不真實的話，更是說超過了真實的話。……說比自己的感覺還多的話。為了使生活簡化，這是我們每個人天天都做的。莫魯梭表面上儘管冷漠，卻不想簡化生活。真的他才說。他拒絕矯飾他的感覺，而社會卻立即感受到威脅。……
>
> 因此，就我來說，莫魯梭不是一個漂泊無根的人，而是一個可憐的，赤裸的人……[7]

所以卡繆為《異鄉人》莫魯梭下結論：「他都不肯偽裝他的感受。」[8]對卡繆來說，這是一個生命中的勇者！

由於小說家有著這樣的「認定」，所以卡繆安排莫魯梭在故事中的言行便充滿了深刻的哲思。就像莫魯梭曾經這樣認為：

> 我整個一生從未能真正追悔過我所做的任何事情。我總是被眼前或馬上要來臨的時刻所吸引住，以致沒有時間回顧。[9]

這不是充滿「當下哲學」的境界嗎？在小說中莫魯梭又如是說：

> 我已經失去了留意情感的習慣……[10]
>
> 所有正常的人，總有些時候，多多少少會希望他們所愛的人死掉……[11]
>
> 沒有任何東西有任何重要性……[12]

莫魯梭勇敢的對這個割裂的世界說出了真話，就像卡繆下的結論：「他都不肯偽裝他的感受。」但這樣的「認定」真的全然符合小說所描繪的事實嗎？從故事本身的情節來看，並不見得這是一個完整的真相——莫魯梭不全然是一個純粹、勇敢的靈魂。在故事裡，莫魯梭幫助雷蒙用下流手段設計、羞辱、傷害一個女孩，原因竟然是因為他覺得不知如何拒絕雷蒙的要求！後來莫魯梭莫名其妙的槍殺了阿拉伯人後，又接著對屍體連開五槍！從這些小說的插曲顯示，莫魯梭不在乎真理，也不在乎殘忍。這已經不是哲學觀念的問題，而是一個人如何對待另一個人的基本人性的問題了。那，《異鄉人》要表現的到底是哪一種割裂？

到底，卡繆是要通過莫魯梭拒絕參與這個異化、割裂、虛偽的世界（第一種割裂）？還是卡繆要將莫魯梭塑造成一個異化、割裂、無感的存在（第二種割裂）？或者小說企圖說明的正是這兩種割裂互相侵蝕的事實？這樣對題材處理、「對焦」的不精準，是小說家嘗試呈現一個更複雜的生命真相？還是只是處理小說素材的不小心與粗糙？基於在《異鄉人》的故事裡找不到更清楚明晰的伏筆、象徵、線索與連結，筆者傾向認為是後者的原因。至少可以這樣說：小說家卡繆所希望的莫魯梭跟小說作品中的莫魯梭並不是完全相同的一個人，而卡繆由於他的不小心與「粗糙」反而展現出一個更全面的生命事實——整體世界的外在異化，會影響個體生命的內在異化；而一個不認識自己的割裂的人，也會進一步無法了解一個割裂的世界。生命的內部斷線了，內在與外在也跟著斷線了，這是一個全然無法連線、溝通的孤獨世界！原來內在割裂與外在割裂是以一種辯證的關係存在著的。人不認識世界，是由於人不認識自己；一旦人不認識自己，也無法與世界進行真實的對話及溝通。

2、海因萊因《異鄉異客》面對第一種割裂的笑與痛

如果說卡繆的《異鄉人》曖昧、懸疑的搖擺在兩種割裂之間；那，科幻大師海因萊因的名著《異鄉異客》則很清楚的是在討論第一種割裂、外在的割裂（人不認識他所生存的世界）的問題。

羅伯特．海因萊因（Robert A. Heinlein 1907-1988）是西方英語寫作界三大科幻小說大師之一[13]，一生寫下了數量龐大膾炙人口的科幻作品。但海因萊因的小說一向以娛樂性、通俗性見稱，《異鄉異客》卻擺脫了海因萊因一貫的寫作慣性，而提出了相當深刻的思想及哲理，堪稱海因萊因作品中的異數[14]。《異鄉異客》的英文書名是《Stranger in a Strange Land》，與卡

繆《異鄉人》的書名《Stranger》很接近，雖然兩部作品的寫作風格迥異，但同樣在思考人對他所生存的世界感到陌生與疏離的問題。

《異鄉異客》的故事大概是講首度登陸火星的地球探險家全部遇難，只在火星上留下了一個孤兒，二十五年後，第二支火星探險隊將這個被火星人撫養長大的孩子帶回了地球。這位「異鄉異客」邁克回到地球後，立即成了各方勢力爭取的對象，但剛到地球的邁克簡直天真、虛弱得像一個嬰兒，從對地球及人類的一無所知，到慢慢學會用火星文明全然不同的角度去審視這個陌生的故鄉：他覺得這個世界簡直不可理喻，同胞之間充滿顛倒、荒謬、及爾虞我詐，這裡沒有愛，只有彼此的傷害。而且邁克發現他學不會像人類般的「大笑」，他直覺知道這裡隱藏著人性中荒謬及悲劇的祕密。在「父親」朱巴爾睿智的指引與護士吉爾母性般的保護下，邁克邁過了種種危機，他四處遊歷，並迅速的成長起來，擁有了強大無匹的力量、經驗、品格、及智慧，他創建了一個新宗教，對這個割裂的世界提出了他的主張與看法，但卻因此成了眾矢之的，受到保守勢力的瘋狂反撲及攻擊，其實，對這一切，朱巴爾早已憂心忡忡的預見災難將至。最後，在與朱巴爾深談之後，邁克終於知道了火星之子的命運，他明白了他的使命，毅然用一種「特殊的方式」去召喚、回歸、擁抱這個割裂、荒謬的家鄉星球。

雖然離不開通俗文類著重可讀性與娛樂性的筆鋒，但《異鄉異客》其實是一部能夠通過深入淺出的筆墨（不類

《異鄉人》艱澀的文字風格）去建構體大思精、情節變幻、波瀾壯闊、義涵深邃的故事結構的文壇鉅著。《異鄉異客》不只被譽為「嬉皮士的聖經」，其實更是一部充滿「靈修思想的科幻經典」。因此，在這裡，筆者無法完全論析這部鉅著的整體內涵，而只能挑選故事中一個很尖銳的「諷刺」，來說明當火星之子邁克面對「第一種割裂」時所感受到那種深入靈魂的笑，與痛。

原來從火星返鄉的邁克，一直努力學習人性的內涵及地球的文明，但他始終無法學會一件事——大笑。所以邁克定義「人是會哈哈大笑的動物。」[15]並且靈悟到「只要能靈悟笑聲，就能靈悟人類。」[16]終於有一回，邁克與吉爾四處旅行，二人在一所動物園中觀察一籠猴子（同樣是靈長類），邁克看著籠中的動物上演著大猴子欺負中猴子、中猴子欺負小猴子的惡搞遊戲，突然邁克發覺自己會哈哈大笑了！而且笑得不能停止，還差點笑岔了氣，好不容易由吉爾攙扶回旅館，漸漸止住了笑聲，滿臉淚痕的對吉爾說，他終於懂得為什麼火星人不會大笑而只有人類會的祕密：「人們為什麼要笑。他們笑是因為痛……因為只有笑才能讓他們不再痛苦。」[17]笑與痛並存的人性祕密？因為人類世界存在著太多的荒謬與痛苦，所以不得不借著放聲大笑來沖淡痛苦的能量？邁克說他從猴子的行為「看到了我的同胞，看到了他們所有的卑劣、殘忍和種種完全無法解釋的東西——那一瞬間我痛徹心肺，然後就發現自己正在放聲大笑。」[18]仔細想一想，會發現小說家說的不無道理，只要回想我們每個人過去哈哈大笑的經驗，有哪一次不是因為看到別人的痛苦、不幸、倒楣而忍不住笑到肚子痛（所有喜劇的賣點也都是環繞在人性中愛看別人「好戲」的基礎上設計的）；也許，人間有著太多的不幸，所以人性才會發展出把不幸喜劇化的能耐，藉此減輕、安慰人間滿溢的傷痛。當然，歡笑、狂笑有它正面的意義，但海因萊因在這裡觀察入微的點出、戳破了笑聲背後人性的隱痛及悲哀的一面，可謂達到了黑色幽默與諷刺文學揉合悲劇與喜劇、嚴肅與輕鬆、笑聲與淚水的藝術極致。是的！人不認識自己所生存的世界，或者說人發現他所處的世界是一個荒謬的存在，那，面對這樣的割裂，人還能夠做些什麼呢？也許只能像邁克一樣選擇「痛笑」（不是痛哭）一場罷。

3、〈飢餓藝術家〉與〈蛻變〉等卡夫卡作品飽含關於兩種割裂的豐富隱喻

如果說《異鄉人》不小心觸及兩種割裂的辯證關係，《異鄉異客》則專注討論第一種割裂的深刻感受；那麼，回到卡繆的前輩卡夫卡，在他的作品裡，更是可以清楚感受到刻意的埋藏了許多關於兩種割裂糾纏在一起的豐盈隱喻。

在接下來的文字，我們便談談卡夫卡作品中一位詭異的表演者及一個突變的異形。

作為現代文學先驅的德國猶太裔作家卡夫卡（F. Kafka 1883-1924），在許多創作路線上不愧是當代文壇的開拓者。卡夫卡一生坎坷而短壽，長年失眠、長期為肺病所苦、愛情的路也走得不順遂、臨終前甚至託付好友將他的所有作品付諸

一炬！當然，可以想見，生活的艱辛自然會影響到他的寫作風格。卡夫卡的小說擅長用寫實的文體去寫出最不合理的故事，然後在現實性與奇幻性交織的異樣氣氛中，烘托出一個又一個飽含雙重可能性的隱喻，或象徵，而這些隱喻、象徵往往穿透、洞察到最深層的人性現象或社會現象——這幾乎是卡夫卡所有作品的基本結構。

〈飢餓藝術家〉是卡夫卡晚年寫成的一個短篇，卡夫卡很重視這篇小說，這是一篇藝術象徵很完整的作品。故事描述一種從事飢餓或絕食表演的藝術工作，如何從興盛、沒落、被世人遺忘、到最後一位飢餓藝術家死亡的歷程。問題是，在真實的世界裡，哪有這種藝術表演的行業啊！所以整篇小說自然是一個隱喻。但要怎麼解讀這個隱喻，則有著正、反兩面的看法。

正面的看法，其實就是第一種割裂的展現。那麼飢餓藝術家的行為即象徵對藝術、高品質、真誠、理想、精緻文化的追尋與堅持。但對藝術的追求總是不滿足的，所以飢餓藝術家最後還是「找不到適合自己胃口的食物」。[19]故事的最後是飢餓藝術家的屍體被掩埋，飢餓藝術表演則被一隻漂亮的「美洲豹」取代。這個地方也是一個隱喻，象徵藝術與品質愈來愈沒市場，而被媚俗及表面華麗的流行文化所取代。所以人性與世界割裂，尊嚴的人性無法與一個譁眾取寵的世界進行真實的溝通，即觸及了第一種割裂的生命議題。

如果從反面的角度分析，也可以發展出另一種詮釋，那就是第二種割裂的展現——飢餓藝術家不了解自己本身其實就是一個異化的存在。也就是說這個短篇作品其實是一場諷刺拒絕享受、排斥慾望、拒絕豐富、將歡樂定義成膚淺與罪惡的人間假道德、假宗教的荒謬劇。修行師傅奧修曾經說過嚴肅看待生命的人是有病的，嚴肅是生命一個沉重的負擔。[20]是的！嚴肅是一種罪惡，嚴肅是精神性的癌。而小說中的飢餓藝術家是嚴肅的，許多清教徒、道學家也是嚴肅的，他們都有精神上的自虐傾向。那，「找不到適合自己胃口的食物」，就是對嚴格、嚴肅的完美主義者自虐傾向的反諷。但在當代，假道學也愈來愈沒有市場了，所以被另一種荒謬的存在取代——「籠子裡的美洲豹」，即象徵表面華麗的流行文化其實是一種生命力被囚禁的現象。那麼，從這個角度出發，〈飢餓藝術家〉便是一個人不了解自己，自我生命異化成一種荒謬存在的悲劇故事。

那麼，這個短篇究竟是在討論哪一種割裂呢？外在的割裂？還是內在的割裂？〈飢餓藝術家〉是在處理哪一種異化呢？世界的異化？還是生命內部的異化？我想卡夫卡的厲害就在很成熟的將這兩種割裂同時隱藏在作品的深層結構之中，而沒有提供一個肯定的答案，而只是給出一個飽滿豐盈的藝術隱喻。

另一篇卡夫卡的名著〈蛻變〉也運用了同樣的雙面手法，而且這篇作品的雙面性蘊含了對人性很深的諷刺。

〈蛻變〉可能是卡夫卡作品中最有名的一篇，也有被翻譯為〈變形記〉或〈變蟲記〉，曾多次改寫成卡通及童書。這個中篇小說的故事大約是講推銷員戈勒各爾某天早上一起來發覺自己變成了一條蟲！一條多足爬行的大蟲。從此戈勒各爾被迫放棄了工作、親情與種種社會關係，終日被關在斗室之中，慢慢被家人厭惡、遺棄，最後傷心絕食而死。故事很簡單，但描寫戈勒各爾內心感受的筆觸很細膩，而且〈蛻變〉的隱喻簡明清晰，不若〈飢餓藝術家〉的豐富複雜，這也可能是這篇作品流傳甚廣的原因之一。這篇作品最主要提出了一個問題：究竟是誰真的變形呢？這篇小說究竟討論的是哪一種割裂呢？是戈勒各爾不認識異化後的自己？還是戈勒各爾發現自己其實不認識原本以為熟悉的家庭及世界？從表面看當然是主角戈勒各爾變形了，但作品的深層意涵恐怕是另有所指。從戈勒各爾的家人開始時對變形後的戈勒各爾還保留著絲絲眷念、到漸漸的變得冷漠、嫌惡、繼而遺棄、攻擊、斷絕關係；另方面戈勒各爾雖然變成了大蟲，卻仍然充盈著對家人及妹妹的關懷、對妹妹演奏小提琴的熱情、甚至為了家人不惜自我犧牲。[21]兩相對照，誰才是真正變形，答案就顯而易見了。也許，卡夫卡通過〈蛻變〉要告訴我們的是：要在這個扭曲、異化、疏離的世界裡保有真誠的人性與愛，最後就會被看成是一條異形的大蟲！

搖擺在虛實、真幻、兩種割裂之間的筆鋒，是卡夫卡慣用的寫作技法，即像卡繆的評論：

> 在這根本的二義性之中，有著卡夫卡的秘密。自然的東西與異常的東西，個人與普遍的東西，悲劇性的東西與日常性的東西，荒謬與邏輯，這些之間的不斷的擺動，

> 在他的作品中隨處可見，而且引起共鳴涵義。……
> 在卡夫卡，這兩個世界，一邊是日常生活的世界，另一邊則是超自然的不安底世界。在卡夫卡的世界中，「偉大的問題常發生於市街上」這句意味深長，尼采的話仍可適用的……
> 非選擇那一邊的解釋不可的這種想法是不必要的。兩個解釋都是很好的。[22]

是的！雙面性或二義性的手法也經常出現在卡夫卡的其他作品之中。像長篇小說《審判》中糾纏著主角約瑟夫・K的命運的勇氣與黑暗，像另一部長篇小說《城堡》中那一座巨大而不得其門而入的城堡更是象徵著專制與深刻的雙重曖昧，又像短篇作品〈約瑟芬，女歌手或耗子民族〉裡的女歌手約瑟芬的神奇歌聲究竟是藝術還是庸俗？這些都是雙面性或二義性寫作技法的很好例子。大概卡夫卡的筆鋒總是在兩種割裂之間躊躇徘徊、低迴沉思。

關於「割裂」，筆者最後想到著名的科幻電影《異形》（Alien）。基本上《異形》是商業電影，後來接拍的多部續集更是大灑狗血的商業恐怖片。但原創的第一集卻營造了一個很飽滿的藝術象徵——在遙遠孤絕的外太空的一艘商用太空船的封閉船艙內，沒有武裝的船員被突變的異形怪獸一一屠戮！這不是象徵人與世界的割裂嗎？孤獨無援的個人在異化、扭曲、充滿壓力的環境中感到那種深入骨髓裡的尖銳恐懼。不只談到第一種割裂，《異形》更深刻的連接到第二種割裂的隱喻。那就是電影中的異形究竟是從哪裡來的？原來恐怖的異形怪獸是在船員體內變異孵化後、在胸腔爆裂誕生的！意思就是說：一切的恐怖與危險是根源自自我生命的異化啊！當人開始不認識自己，便隨即對世界感到恐懼及陌生；與自我割裂，種種的悲劇與苦難即鋪天蓋地而至！原來，扭曲的自己，才是真正的異形！才是真正苦難的根源！

註釋：

[1] 見米蘭・昆德拉（Milan Kundera）《小說的藝術》頁9。（皇冠文化，2004年3月初版。）

[2] 同註1。

[3] 見李思屈《昆德拉》頁119。（生智文化，2003年8月初版。）

[4] 本文使用的《異鄉人》的版本是卡繆著、孟祥森翻譯的本子。（牧童出版社，民國67年11月三版。）註文見頁149。

[5] 同註4中的評論，頁225。

[6] 同註4中的評論，頁227。

[7] 同註4中的評論，頁201。

[8] 同註4中的評論，頁204。

[9] 同註4，頁123。

[10] 同註4，頁77。

[11] 同註4，頁78。

[12] 同註4，頁148。

[13] 以撒・艾西莫夫（Isaac Asimov1920-1992）、克拉克（Arthur C . Clarke1917-）、與羅伯特・海因萊因（Robert A . Heinlein1907-1988）是當代英文寫作界三大科幻小說大師，其作品至今仍具有不可動搖的地位。

[14] 羅伯特・海因萊因的代表作品有《異鄉異客》、《星船傘兵》、《銀河系公民》、《夏之門》、《雙星》、《嚴厲的月亮》、《傀儡主人》及《4＝71》等等。本文所選用的《異鄉異客》（Stranger in a Strange Land）的譯本，是中國大陸四川科學技術出版社，2006年12月初版的本子。

[15] 同註14，頁190。

[16] 同註14，頁411。

[17] 同註14，頁415。

[18] 同註14，頁416。

[19] 本文〈飢餓藝術家〉的版本見《卡夫卡短篇傑作選》頁129至141。（志文出版，2009年9月再版。）

[20] 見奧修《奧修開悟ABC——新時代入門辭典》頁210。（方智，2004年10月初版。）

[21] 〈蛻變〉文末描寫戈勒各爾臨終時的內心狀態：「**他充滿著感激和愛情，想起家中的人們。自己非得逝去不可的這種想法，也許比他的妹妹更為堅決，他沉浸在這樣空虛而安謐的思想中，一直維持到了教堂塔頂的鐘聲報了早晨三時。窗外，慢慢地亮了起來，他還知道的。這以後他的頭無力地俄然垂下。從他的鼻孔送出來微弱的最後一口氣。**」見卡夫卡著、金溟若譯《蛻變》頁60。（志文出版社，民國64年5月二版。）

[22] 同註21，頁213至214。

思考六：

內在

從《刀叢裡的詩》、《水滸傳》、《人子》
談論小說世界的「內在性」

接下來要談的「思考」是「內在」的問題。尤其是愈趨向現代的作品，愈接近「內在」的藝術風格。

一、《小說的藝術》的原文

> 小說開始檢視『內在發生的事』……
> 小說俯身探視非理性如何介入人的決定和行為。
> 探測那無法捕捉的過去的時刻。
> 探測那無法捕捉的現在的時刻。[1]

二、哲理及解說

本節的主題在思考小說的「內在性」。

不錯！小說藝術就是內在的藝術。

當然，相對於詩——一種強調運用最精鍊的文字承載最純粹、最深厚生命內涵的文字形式——而言，小說藝術的「內在性」比較弱，也比較不夠精純。因為詩人不必像小說家那樣有著許多「世間的顧慮」，真誠的詩人是不會考慮市場的問題的（事實上也不必考慮，因為在工商社會，詩根本沒有市場價值），詩是小眾閱讀，不像小說在本質上是大眾閱讀，必須顧及市場、通俗、娛樂效果等等世俗層面的考量。如果從更深層的地方思考，詩人寫詩可以靠「才情」，但小說家寫小說卻必須擁有豐富的「閱歷」；所以歷史上多的是早慧的詩人，但真正偉大的小說家卻總是出現在中年歲月之後。（當然，現代網路文學的現象打破了這個慣例，但也等於提醒了我們反思許多網路作品到底算不算真正的文學？許多所謂網路小說到底算不算真正的小說？還是只是故事？）也就是說，小說的先天體質注定了它的世俗性格與人間風貌，它不能只顧及「內在性」這一個層面。因此，詩的存在清楚對照出小說的特質——在內在世界與外在世界的鋼索上遊走搖晃。

但，另方面，相對於電影藝術，小說的「內在性」就很完整了。不同於一部電影作品可以通過聲光效果、鏡頭運用、剪接技巧、電腦特效等等技術，可以將一個簡單的故事處理得氣勢磅礡或細膩感人；相對的，小說能使用的「道具」顯得很陽春，它唯一可以利用的媒介就是「文字」。但如此一來，卻注定了小說藝術必須往更深刻的地方走，這是小說這一種藝術形式的限制，也是它的潛能。沒錯！世間任何東西的光明面與陰暗面都是一體並生的，所以電影藝術擁有很豐富的表達工具，但同時也限制了它的「內在性」。我們很難想像一個優秀的導演會突然「跑」出來去說明他戲中角色的內心想法，因為這樣的處理手法太「露」、太拙劣了；而且一部限時兩、三個鐘頭的電影作品也很難交代太多的重要角色及處理太複雜的人際關係。相反的，在小說的字裡行間太容易表現人物的內心世界了，而且一部長篇小說常常會出現上百個不同個性的人物與錯綜複雜的人際關係；總之，小說，這種形式，擁有足夠的空間去裝載「內在性」及「複雜性」。而一般來說，小說表現「內在性」的手法通常有三種：

1、通過小說家或小說人物的「內心獨白」來表現

即像前文所說的，好的電影作品不會突然旁白戲中人物的內心感受，這樣的電影手法會顯得太突兀。電影如果要表達戲中人的內心感受，常常會透過眼神的表演、神情的變化、細微的肢體動作或特寫鏡頭的運用……等等，總之電影要反映人物的內心是有著一定的難度的。相反，小說卻可以很方便的大量使用「內心的獨白」來呈現小說人物的內心世界；所以從這個角度來說，小說藝術又可以稱為「獨白的藝術」。但要注意的是，不管通過小說家的全知觀點或小說人物本身的觀點，使用「內心的獨白」的分寸還是要拿捏好，使用太過就會落入「露骨」或「說教」的創作陷阱。

2、通過著意安排的「故事情節」來表現

通過故事情節去間接醞釀，而不通過人物內心來直接說話，是比較高明的加強作品「內在性」的寫作手法。當然，如果故事情節安排得太「隱」，有時反而會讓讀者容易錯過作品的內在密碼。下一節所談《水滸傳》裡的宋江，就是一個很考驗讀者眼力的例子。

3、通過著意安排的「象徵符號」來表現

這是表現「內在性」最哲學、最藝術的手法。很多內容性質歸類於「寓言小說」的作品，都喜愛用象徵符號或文字密碼來加深作品的內在意義。譬如武俠小說就是一種廣義的寓言小

說，這種寓言小說往往通過「人名」與「武功」兩種象徵符號來傳達更深層的內涵。而在武俠文類的眾多「高手」裡，金庸尤其是這個寫作技巧的魔法大師。「人名」方面，例如《天龍八部》裡的段譽（斷慾——慾望的斬斷），《射鵰英雄傳》裡的歐陽鋒（其實歐陽鋒就是歐陽『瘋』——意思指自我的迷失與狂悖），《俠客行》裡的白自在（這個人物後來被虛名所困，白白自在一場了）……等等，都是意有所指的文字密碼。在「武功」方面，例如《倚天屠龍記》裡的「張無忌練乾坤大挪移」一段文字，其實有隱喻儒家「本末先後」的人生哲學與「知足不辱」的道家思想；《天龍八部》裡段譽的六脈神劍的時靈時不靈，則比喻人心忽明忽暗、忽智忽愚的人性現象；又像《笑傲江湖》裡令狐沖獨孤九劍的「以無招勝有招」，就很明顯的在講道家思想「以無為用」、「無為而無不為」的生命境界，所以令狐沖的劍是自由之劍，比喻一種「縱橫自在無拘礙」的自由人的生命情境。金庸真是運用文字密碼的高手啊！當然，利用象徵符號或文字密碼來表達作品「內在性」的手法，使用得好，會豐富了作品的血肉與內涵；但萬一使用過當，反而會成為輕浮的文字遊戲，弄巧反拙的嚴重破壞了作品的藝術性與思想性。有趣的是，往往愈有才氣的小說家愈容易犯這樣簡單的寫作毛病。聰明，有時會成為藝術創作的絆腳石。

其實不管前幾章討論的「存在」、「認識」，或者下一章所談的「孤獨」，都是小說「內在性」的具體內涵。而「強調小說的雙面性格」是本書其中一個重要的中心主題，雙面性格的「外在性」指的是故事情節、人物關係、文筆文風，而「內在性」則指小說人物的內心世界與小說作品的深層意義；「外在性」好比是小說的「行動」，「內在性」則是作品的「靈魂」。一部小說作品如果缺乏「內在性」，將無法俯身探視「內在發生的事」、無法俯身探視「非理性如何介入人的決定和行為」、也無法俯身探視心靈深處的黑暗與光明。問題是，在一片荒蕪貧瘠的現代文學世界裡，多的是沒有靈魂的盲目行動。如果從四個召喚的角度來看，「思想的召喚」接近「內在性」，「遊戲的召喚」傾向「外在性」，而「夢的召喚」與「時間的召喚」大概就是不同作品在內、外兩端的互動、融合的過程中的不同表現罷。

三、作品的印證

在這一節，我們通過三部寫法不同而同樣是東方色彩濃厚的作品，來觀察小說家如何運用不同的手法來呈現小說藝術的「內在性」。

1、通過「內心獨白」來表現作品「內在性」的《刀叢裡的詩》

溫瑞安的《刀叢裡的詩》是一部現代文學感很強、很文藝腔的武俠小說，而且是一部很善於利用人物內心獨白的作品。

溫瑞安是一位很有才氣的武俠小說作家，但溫氏後期的小說常會出現過度賣弄才華而流於文字遊戲的敗筆。但《刀叢裡的詩》卻是一部思想性、藝術性、故事性都很完整的小說，堪稱温瑞安的代表力作。故事述說南宋大俠龔俠懷由於性格太耿直、身手太高強、理想太高遠、俠氣太陽剛、行動太認真，因此無形中不知得罪了哪路與金國暗通款曲的權貴，而遭到冤屈、逮捕、背叛、構陷、遭刑、下獄、不知生死的命運。於是江湖群俠紛起營救龔俠懷，遂與官府派來的邪派高手及暗裡潛入宋境的金國刺客展開殊死戰，結果正邪雙方皆死傷慘重，最後也沒能成功救出龔俠懷，甚至不知這位含冤大俠的生死存亡。《刀叢裡的詩》寫得很慘烈、很悲情，尤其描寫政治迫害與世情險惡的部分寫得很露骨，小說家應該有把自己曾受迫害的心境寫進作品之中（關於對溫瑞安的分析在下文第八個思考「自我」中會有所討論）。

在寫作技巧方面，筆觸深具現代文學質感與善於描繪不同人物與視角的內心感受，是《刀叢裡的詩》兩大寫作特點。而後者正是表現「內在性」的技法，讓我們舉兩個例子。第一個例子是寫本來與龔俠懷心有嫌隙的劍俠葉紅得知龔俠懷遭構陷下獄、被兄弟出賣之後決心營救，下面一段文字就是描寫有瑜亮情結的一個俠客要救另一個俠客時的內心寫真：

> 外面傳來一聲馬嘶，劃破了雪夜的寧謐……
> 龔俠懷，我們失之交臂，是我的不對。你在牢裡，受了什麼苦，有多少委屈，我們不知道，你也一字都不提。你大該已知道情形不妙了吧，你怕連累門裡兄弟，所以在唯一可以遞出來的字條裡，也只要他們立即背棄你。

> 也許，你還為了他們，把一切罪名都認了，並且都攬在自己身上。這裡面有多少折磨，我們不曉得。可是，在你的字條送出來之前，他們已一早背棄你了，用不著等你來吩咐。在他們而言，朋友，是拿來出賣的。不過，你還是有朋友的。正義，一向是江湖上最寂寞的名字，但也最耐得起寂寞。你放心，你的刀是武林中的千個太陽，但我的拳也是用清風和激情做的。我是你的朋友，不管你承不承認，我都是。朋友不是拿來利用的話，拿來做什麼？現在你落難，就該用我了。……
>
> 龔俠懷，你忍著，你等著……
>
> 一切，我都豁出去了。身敗名裂，在所不惜。……
>
> 龔俠懷，我知道，你過得不好，但你得挺著，你撐著啊……
>
> 葉紅推開了這客店的門，遍地白夜，月光如雪。一行蹄印，自西而去。他聽見銀杏樹下有一窩兔子在寢息著。他聞到有戶人家正在煮蔴葛的味道。他感覺到在同一座城裡，同一個子夜裡，龔俠懷雖然受著苦但仍活著。他的眼睛不好，但他聽得見、聞得到、感覺得分外深明。[2]

這一段文字寫得很美，很有情懷，很有一份蒼涼的美感。但第二個例子的「氣氛」就完全不一樣了，寫的是龔俠懷的義弟朱星五在龔俠懷被捕後不惜出賣義兄、甚至整個門派的內心的陰暗獨白：

（不過，現在已沒有退路了。）

（坐了上去，就不能下來，也下不來了。）

（我不幹，老三一樣會幹，老三不幹，老四也一樣照幹——他們幹了，我就得死，那還不如由我來幹！）

（如果我不出賣人，就得要給人出賣；與其自己流淚，不如讓世人痛哭罷！在這世上，一是當老鷹，一是做對抗老鷹的母雞，決不做小雞——否則，寧願跳回蛋殼裡不出來！）

（不管如何，龔俠懷都不能東山再起！）

（他若再起，就是我的一敗塗地！）

（——害一個人，是害；害十個人，也是害！反正都是害，害百來千人，也不算什麼！與其人害我不如我害人！）

…………

（龔大哥，不是我狠——而是到了這時候，誰不夠殘忍，就是對自己殘忍！……）

…………

（不過，既然是大家都醉了，沒醉倒的也最好詐醉，這時候是不需要人清醒著的。）

（誰醒誰遭殃！）

（——自從發現自己良心發現的時候就是最不值錢的時候，於是自己就但願以後再也不要有良心發現的機會！）

（到了這個地步，害人已成了必須履行的職責。）[3]

很陰暗，很扭曲，也很騎虎難下。這段文字寫出了「壞人」的心聲。

《刀叢裡的詩》的行文很有新鮮感，很「心理分析」，很不落俗套，真可謂深得「獨白藝術」的箇中三昧。

2、通過「故事情節」來表現作品「內在性」的《水滸傳》

至於使用著意安排的「故事情節」來表現小說人物的內心世界，著名的例子是古典長篇小說《水滸傳》裡宋江「藏奸」的內在性格。不管是七十回的金聖嘆本，還是一百二十回的足本，宋江都是貫串整部《水滸傳》的靈魂人物，而《水滸傳》的作者也費煞苦心的去經營這位梁山泊大哥及領袖的個性。表面上，《水滸傳》寫宋江寫得很正面——講義氣、急人於難、知人善任、深富領袖的人格魅力、擅於組織謀略。當然，宋江的這些優點都是真的；問題是，這位及時雨宋公明還有陰暗、奸險的另一面。但，對於宋江性格的黑暗面，《水滸傳》的作者用了很隱誨的筆法，很細膩的安排了一些重要的故事情節來刻畫宋江內藏奸詐的個性，如果讀者不小心，很容易就會忽略過去了。譬如：小說安排宋江迫上梁山後與寨主晁蓋形成雙頭馬車領導的尷尬局面，然後宋江一直有意無意的不讓晁蓋領兵出征，等於架空了晁蓋的實際地位，以及後來晁蓋「可疑」的陣亡，宋江違背了晁蓋遺言而不正當的接下領導棒子，甚至宋江莫名其妙的堅持重用本來與梁山毫無淵源的盧俊義的奇怪舉措……等等的故事情節，其實都是隱隱透露、伏筆、側寫宋江為了個人政治主張（營造朝廷招安的形勢）

而不惜「陰謀奪權」的陰暗個性。《水滸傳》把宋江內在的「奸」藏得很深、很細膩、很高明，成功的在古典小說世界裡塑造了一個性格複雜的人物典範。所以一旦穿透了《水滸傳》的「伎倆」，便會驚喜發現晁蓋是「真義氣」，宋江卻是一個性格複雜的「奸雄」。在古典章回小說裡，多的是典型人物，當然複雜型人物更接近真實的人性，但也更難寫好，從這個角度看，宋江實在是一個很成功的例子。《水滸傳》處理宋江的「奸雄」內涵比《三國演義》裡的曹操顯得更真實與深刻。

3、通過「象徵符號」來表現作品「內在性」的《人子》

前文提到「寓言小說」愛用象徵符號或文字密碼來加深作品的「內在性」，這裡所談的《人子》，就是一部寓言小說中歷久不衰的文壇名著。

《人子》是文壇前輩鹿橋先生的代表作，是一本由十三篇寓言故事組成的短篇小說集。《人子》數十年來廣受讀者喜愛，一直高據台灣文學類書的暢銷榜，受歡迎的程度不在作者的另一本名著《未央歌》之下。《人子》的文字清新可喜，故事可讀性很高，但全書充滿著文字密碼，隱藏著深刻的思想內涵，不易解讀。那麼，在下文，我們嘗試對《人子》十三篇依次做解碼的嘗試。

（1）汪洋

鹿橋說：「以『汪洋』為題回憶幼年時對人生的一種不甘自我限制的心情。」[4]所以「汪洋」本身就是一個象徵符號或文字密碼。汪洋是沒有邊際的，所以它隱喻——「**沒有疆界的生命海洋、非目的性的人生、人生中無為的部分。**」而對反面就是「**有系統的人生海圖、目的性的人生、人生中有為的部分。**」

人生必須有為，但生命的本質卻是無為的；我們同時需要這兩部分。而鹿橋在這一篇小說要告訴我們：地圖不是疆界，人生海圖也不等於真正的生命汪洋。

（2）幽谷

「幽谷」也是一個文字密碼，比喻幽暗難明的內心之谷。

（3）忘情

〈忘情〉倒是一篇主題很明顯的寓言——講一個旅人在歸途中遇見一群精靈，其中有一隻叫「感情」的精靈由於所攜帶的包袱太沉重而遲到，造成來不及給一個完美的新生嬰兒倒注感情的能量。所以這個寓言的「內在性」很清楚：感情的包袱是沉重的，多情反而讓人忘情。

（4）人子

與書名相同的這一篇講一個小國的小王子在成年之前跟隨老法師出外雲遊歷練，最後被師傅看出仁厚的他不能當一個成功的政治領袖，因此以身殉道的故事。〈人子〉的篇名本身就充滿了象徵，這篇寓言暗喻人間與天上（分辨善惡、有時必須絕情棄愛的人間世界與不分辨善惡、仁人愛物的佛世界）兩個世界截然不同的本質。

（5）靈妻

〈靈妻〉表面在講一個用處女獻祭山神的迷信故事，其實整個故事本身就是一個象徵符號，小說家通過這個象徵符號真正要表達的是一種「無我、追隨、流動的人生觀」：生命有些東西是肉眼看不見的，人有時候需要學會放棄自我的觀點，去追隨更浩瀚的自然力量。

（6）花豹

這篇小說講一隻很會奔跑的小花豹的故事，當然也是一個文字密碼，比喻天真的力量——沒有目的、全然、快樂的生命奔跑。

（7）宮堡

「宮堡」也是一個文字密碼，「宮堡」比喻完美。所以這是一個關於「完美」的故事。故事裡充滿關於「完美」的象徵與沉思。

（8）皮貌

〈宮堡〉講完美，〈皮貌〉則是一個關於「真我」的故事——掙脫表層後的真正自我。

（9）鷂鷹

〈鷂鷹〉一篇則通過鷹師與雛鷹之間的故事比喻生命之間溫柔、細緻的互動相待。也談到生命真正的翱翔，其實是在自由與規律的互動之間展開。

（10）獸言

〈獸言〉講一個天才的語言學家學習猩猩語言的奇妙經歷。其實是隱喻人生裡存在著一種「非知識性、非語言性、非系統性、非書本的學習」。

（11）明還

〈明還〉通過小小孩的故事，對照大人世界與兒童世界的差異性。〈明還〉提醒我們在每個小孩的生命裡都有一個太陽、一個月亮等著跟他玩（驚動天地的力量），但大人常不許、壓制小孩子的潛能。其實不管大人或小孩，每個人的心中都分別藏著一個大人世界與一個小孩世界。當然，說回文字密碼的問題，〈明還〉這一篇的篇名也是充滿象徵意義的。

（12）渾沌

〈渾沌〉是前面十一篇的一個反寓言，針對前面十一個小故事做一次總理、反思與對照。

（13）不成人子

最後一篇〈不成人子〉是一個漂亮的收筆。通過老太太在山間夜裡趕車常常會遇見山精妖魅的寓言故事，反諷人間儘多不成人子的作為，也隱隱指出一切奇幻的寓言最終還是要落回人間的品德世界之中。

上文只是對《人子》的十三篇小說做了一次瀏覽，而並未作系統的整理及分析，但相信讀者已經能夠一窺這本寓言小說集裡豐富的文字密碼以及背後深厚的內在義涵。其實，《人子》裡記載的是關於人性的故事，即像作者鹿橋說的：「越過國界，打通時間的隔膜來向人性打招呼。」[5]

關於《人子》，筆者還有一個很特殊的閱讀經驗。在大學時代，第一次閱讀這本小說，讀完後只覺得是一個一個很有意思、很好玩的小故事，但完全不知道背後是什麼涵義？也完全不知道作者為什麼要寫這些小東西？於是心中存在著印象深刻的狐疑，但年輕而善忘的心卻立即奔向其他的人生目標。直到四十歲之後，有一回偶然的在書架取下《人子》，再讀之下，掩卷沉思，恍然大悟：「嘿！我終於讀懂這些小故事了！」原來文字密碼以及背後的「內在性」，還真要仰仗一點中年歲月之後的人生閱歷，才能解碼與領悟。原來，小說這玩意，不管讀或寫，不能只依賴青春的熱情，還必須累積一點生命的厚度。

註釋：

[1] 見米蘭．昆德拉（Milan Kundera）《小說的藝術》頁10至11。（皇冠文化，2004年3月初版。）

[2] 見溫瑞安《刀叢裡的詩》上冊頁254至256。（風雲時代，2005年4月初版。）

[3] 同註2，頁26至28。

[4] 見鹿橋《人子》頁4。（遠景，2001年3月第27版。）

[5] 同註4，前言頁2。

思考七：

孤獨

從卡夫卡、《小王子》、《一無所有》及武俠小說分析不同型態的孤獨詛咒

第七個「思考」是「孤獨」。小說世界中形形色色的「孤獨」。

一、《小說的藝術》的原文

> 孤獨又是什麼？是一個重擔？是一種焦慮？是一種詛咒？如同人們要我們相信的那般？或者相反，孤獨是最珍貴的價值，即將被那無所不在的集體性摧毀？
> 簡化所統領的白蟻大軍長久以來一直啃噬著人類的生活。
> 人置身於一個真正的簡化的漩渦裡。
> 卡夫卡的驚奇……提出的是一個根本不同的問題：在一個外部的限定條件已經具有如此壓倒性的地位，而內在動機不再有任何重量的世界裡，人的可能性還能是什麼？[1]

二、哲理及解說

雖然在上面《小說的藝術》的引文中，昆德拉玩了一串問答的遊戲，但我想他真正的意思是：孤獨是一頂冠冕、一項榮耀——人性的冠冕與榮耀。如果這樣的理解是正確的，那昆德拉所提的「重擔、焦慮、詛咒」便不是一種懲罰，而是一份莊嚴，或者說是一份莊嚴的懲罰，因為只有不甘心被「集體性、簡化」吞沒而毅然奮起反抗的人，才會注定成為孤獨的勇者，才有資格承擔這份莊嚴的懲罰。

但，這樣悲辛的命運是怎樣來的呢？

其實從上面的引文中，可以整理出孤獨的因果與源頭。

「重擔、焦慮、詛咒」是一份莊嚴的懲罰，這份懲罰是因為孤獨而發生的，但人之所以會孤獨，是因為重視「內在動機」，不甘心被簡化吞噬，陷入簡化的漩渦，而人性的簡化（或矮化）是由社會的集體性機制造成的，那麼集體性又是從哪裡來的呢？我想最後的源頭，就是資本主義。

什麼是資本主義呢？用最簡單的話來說，就是想方設法獲取消費者荷包裡的錢的整體社會機制及商業機制。所以大量生產、鼓勵消費、控制消費行為，便是資本主義的必然手段；而浪費資源、破壞生態即成了資本主義的當然後果。往更深處思考，資本主義不能忍受消費者的獨立性與複雜性，因為具有獨立思考及多元思考能力的人是不會順從的進行簡化的購買行為的。所以為了量產貨品的有效行銷，必須通過廣告、宣傳等等銷售甚至催眠的策略，製造一種集體性社會氛圍，藉以達成消費行為單一化、生活方式物質化與慾望化、人性簡化及矮化的效果。不錯！物質慾望誠然是人性的一部份，但不是人性的全部啊！（除了物質性的慾望，人還是有閱讀、思考、回歸大自然、寧靜、愛、沉澱、簡樸、靜心……等等的靈性需要。）資本主義卻把物質慾望擴大、膨脹成人性的全部與唯一。造成生態與人性重大的破壞，理由只是為了我們口袋裡的一點錢，這就是資本主義最大的荒謬與罪惡。那麼，現代人如果不想落入這份荒謬與罪惡的集體性機制，便必須孤獨的反抗資本主義這個龐然大物。

所以資本主義是孤獨之母，資本主義是這份莊嚴的懲罰的根本理由。

所以昆德拉這段文字其實是在談「孤獨、內在動機、集體性、簡化及資本主義」彼此之間的因果性。請看下表：

資本主義——————>集體性文化——————>人性的簡化與矮化
——————>不甘心接受，尊重內在動機——————>重擔、焦慮、詛咒
——————>孤獨：莊嚴的懲罰

關於資本主義如何操控及破壞人性，已故的德國哲學家佛洛姆提出了深邃的分析——「外顯的權威」與「匿名的權威」的說法：

> 我們必須區分「外顯的權威」（overt authority）與「匿名的權威」（anonymous authority）兩種概念。
> 外顯權威的運作是直接而且是顯而易見的。具此權威傾向的人常會明白的告訴附從於他的人說：「你應該這樣做，否則你將會受罰」。「匿名的權威」將此影響力隱藏，這種人會佯稱根本沒有權威的存在，而可憑個人意願行事。譬如過去的教師會對強尼說：「你要這樣做，否則我要處罰你」；而現在的教師則說：「我確信你喜歡這樣做，對罷？」在此對不聽話的處罰不是體罰，而是父母臉上無光，或者更糟的是讓你覺得「適應不

> 佳」，或不能從眾合群。簡言之，外顯權威是在生理方面的強制，而匿名權威則使用心理上的控制。從十九世紀強調外顯權威轉變成廿世紀的匿名權威，是受當代工業社會中組織需求的影響。……
>
> 個體在此消費活動中也是被操縱、控制的。不管是食物、衣著、煙酒、電影或電視節目，一個強而有力的暗示性設施是以下列兩種目標在進行著：第一——不斷以新產品來刺激個體的胃口。第二——使大眾的口味走向最有利於工業生產的方向。人變成被動的消費者，或像不斷吮吸母奶的嬰兒，每個人只希望消費得更多、更好。我們的經濟制度製造適應此制度所需的人，人們彼此合作無間，也願意消費得更多。在此系統中，人的口味被標準化，容易受別人影響。他的需求是可預期的；人雖然覺得自己是自由而獨立，但卻願意去從事人家已指派好的活動，願意適應這部社會大機器，而不會有衝突。他們可以在沒有領袖之下乖順地繼續做事。在上述情況中，不是權威已消失，或是在強勢中迷失，而是從外顯的權威轉向暗示性或說服性的匿名權威。換言之，為了要在此社會中適應良好，現代人被迫形成一種幻想：每件事都合自己的意，即是受到精巧的控制也在所不惜。他的滿意並不是真正的在自覺中反省而得的。[2]

資本主義這種精巧的控制無所不在的深入到各個層面，甚至是文學藝術的創作。現代許多的所謂小說（尤其是網路小說現象）事實上已經淪為集體性、簡化的消費性產品——小說被大量生產與消費，作品被規格化與娛樂化，全然無法引領閱讀者進入更深的思考與靈魂層面。研究昆德拉的大陸學者李鳳亮即說：

> 昆德拉指出，在形形色色的一元化世界中，小說雖被大量出版與閱讀，但這些小說沒有給生存的獲得帶來任何東西；它們沒有發現任何新的存在，而只是進一步確證那些業已說過的東西，並通過進一步確證每個人都在說（都必須說）的東西……因此昆德拉一方面在理論上堅信小說存在的必要，同時又為現實世界對小說精神的拒斥而感到憤慨和悲哀：「假如小說真的應該消失，那並非是因為它已精疲力竭，而是因為它處于一個不再屬於它的世界之中」。[3]

所以，真正的小說創作應該是對抗資本主義、簡化、集體性機制、匿名權威的孤獨行為。同樣的，形形色色的孤獨，也成了現代小說經常談及處理的題材；因為只要現代人的靈魂稍有覺醒，是很難不落入孤獨的氛圍與宿命之中的。也許，注視、思考你手上正在閱讀的小說，它是一個消費商品？還是一份莊嚴的懲罰？集體性的幽魂有沒有在字裡行間繞行徘徊，久久不散？

三、作品的印證

在資本主義集體性與簡化的社會氛圍下，「孤獨」這個題材在小說世界裡有著種種不同的表現。

有的小說人物將孤獨詮釋成一份堅持的煎熬，有的小說人物則表現出一種天真的悵惘，有的將孤獨演繹成愛情失落的悲歌，有的則表現為天才寂寞的傷懷。那麼，就讓我們來瀏覽小說世界裡形形色色的孤獨身姿。

1、卡夫卡作品所擁抱的孤獨與死亡

對卡夫卡的小說來說，孤獨是屢屢造訪的常客。〈蛻變〉裡變成大蟲的戈勒各爾是孤獨的，因為在資本主義功利思想強勢影響的價值觀裡，他被迫飲下遭親情背叛、遺棄的苦杯。〈飢餓藝術家〉裡的表演者是孤獨的，在集體性、簡化、譁眾取寵的社會氛圍裡，堅持藝術品質的作為注定要落入寂寞、殞落的命運。〈審判〉裡的約瑟夫・K也是孤獨的，個人的勇氣無力對抗龐大的集體性機制，最終還是被迫害與犧牲。雷同與巧合的，這三篇小說的主角最後擁抱的不只是孤獨，還有死亡；孤獨的死亡，是勇敢的靈魂在資本主義社會裡不得不的宿命？甚至卡夫卡本身也是孤獨的，一生飽受父親、疾病、失眠、感情摧折的卡夫卡，甚至臨終前都放棄與世人溝通、對話的機會（死前託付好友將他的遺稿焚毀），寧願選擇徹底擁抱寂寥的焰火，卡夫卡啊！你的名字是孤獨。